JN210395

「どう？　気持ちいい？」

「気持ちいいっ…！」

そう言わなきゃいけないからじゃなくて、本当に気持ちいい。

どうして？　奥にもいいところがあるの？

悪役令嬢は異国で
イケメン作家に溺愛される

森本あき

Illustration
旭炬

gabriella

悪役令嬢は異国でイケメン作家に溺愛される

contents

gabriella

イラスト／旭炬

悪役令嬢は異国でイケメン作家に溺愛される

あなた美人ね。
そう言われることは本来は嬉《うれ》しいはずなのに。
その言葉を聞くたびに、身構えるようになってしまった。
あなたは、わたしにどんな意地悪をするの？
そんなふうにしか思えないことが、とても悲しい。

第一章

「あちらのお方《かた》からです」

黒服を着た店員がラウラの前にシャンパングラスを置いた。真っ赤なルビーを思わせるシャンパンカクテルはお店の自慢だ。

この地特有の真っ赤なオレンジで割ったレッドミモザ。ほかのところでは見ない。

「ありがとう。でも、お断りして」

ラウラは贈ってきた相手を見もせずに言った。実家から遠く離れた、ヨーロッパでもっとも有名な場所のひとつであるこのリゾート地では、ラウラの悪評を知っている人がいないせいか、毎日、何人もの男性から、こうやってお酒を贈られる。

ラウラが未成年でお酒を飲めないことなど、だれも知らない。

「かしこまりました」

店員がうやうやしく頭を下げた。店員もラウラの対応に慣れているので、すぐにシャンパングラスを持ちあげる。

むだですよ。あの子は決して受け取りません。

ラウラがいつも断るのをわかっていても、そういったアドバイスをしないのは、いったん作ってしまえばお店の売上になるからだ。そのおかげで、お昼過ぎから日が沈むまでコーヒー一杯とマフィンひとつで長居しても、いやな顔ひとつせずに迎えてくれる。

ラウラはすっかり冷めてしまったコーヒーを飲みながら、本のつづきに戻った。コーヒーをおかわりできないほど金銭的に困っているわけではないのだけれど、お金を使ったら親に申し訳ない気がして節約してしまう。

それに、温かいコーヒーが運ばれてきても、本に夢中になったら飲まないまま冷めてしまうし。

ラウラがいま読んでいるのは、男性に人気の冒険活劇だ。どんなものだろう、と読んでみたら、とてもおもしろくて驚いた。一人の探検家が世界各国を旅して、いろんな女性と恋をして、宝物を見つけたり、敵と戦ったりする物語。自分の境遇とかけ離れているので、本の内容に没頭できる。恋をした女性とかならず別れるのも、ラウラのいまの身の上からするとありがたい。一冊がかなり分厚く、シリーズで何冊も出ているので、しばらくは退屈しなくてすみそうだ。

「こんにちは」

ラウラの前にだれかが腰かけた。ラウラは小さくため息をついて、本を閉じる。

本当なら相手をしたくない。お酒を受け取らないのは拒絶の意思なのでたいていはあきらめてくれるが、それでも、こうやって誘いにくる図々しい人はいる。声をかけられても無視していればいいのだけれど、そこまですると相手が怒るかもしれない。

知り合いがだれもいないのは、故郷でいろんなゴタゴタを経験して逃げてきたラウラにとっては、とても気が休まる。ただし、いざトラブルに巻き込まれたときに頼れる人がいない。ものごとには、かならず、いい面と悪い面があるものだ。

ここは、ラウラがようやく見つけたコーヒーとマフィンがおいしいカフェ。お酒もたくさん取り扱っているから、カフェとはまたちがうのかもしれないけれど、ラウラにとってはカフェだ。泊まっているホテルから歩いて二十分と少し遠いが、行き帰りに散歩気分を味わえる。

お店の雰囲気もすごくいい。ラウラが気に入っているのは天井が高いところだ。視線を上に向けるたびに開放感を味わえる。明かりとりの窓があるので、陽《ひ》の光が移動していくのを観察するのも楽しい。席はゆったりとしていて、それよりももっと広めなソファ席もある。最初は、ソファ席に座りたいんですけど、と頼んでも、お一人様ですので申し訳ないですが、と断られたものだ。いまはお店に入るとすぐに、店内で一番目立つソファ席に案内してくれる。

ラウラの美貌で男性客を釣りたいのだろう。

自分で言うのもなんだけれど、ラウラは美人だ。完璧な配置といろんな人に言われるぐらい、顔が整っている。髪の毛はプラチナブロンド、それも根元まで一切の混じり気なく金色だ。さらさらのストレートの髪の毛を、結ばずに肩の下まで垂らしている。歩くたびに揺れる髪がぼくの恋心を募らせる、なんて、いったい何人に告白されただろう。

目は深い海を思わせる碧《あお》。唇は深紅。肌も真っ白でシミひとつない。まつ毛が長いからまばたきするたびに嵐を起こせそう、と感嘆なのかからかいなのか、よくわからないことを言われたこともある。

ラウラは家族の中でも飛びぬけた美貌を持っている。母親も父親もそれなりに整った顔立ちをしているし、妹二人、弟一人も普通よりはかわいかったり、かっこよかったりするが、ラウラはそのだれとも似ていない。ラウラだけどこかからもらわれたみたいね、と母親が冗談まじりに言うこともあるぐらいだ。

美人ね、と幼いころから、よく誉《ほ》められた。それ以外のことで、他人に誉めてもらったことはない。

美人だと人生が楽そうでいいわね、とうらやましがられることも多い。

どこがですか？　と聞いてみたい。美人で得したことなんてない。

だいたい、ラウラは自分の顔が大っきらいなのだ。

普通に美人ならよかった。ラウラは顔が整いすぎているせいか、とても気が強そうに見えるらしい。

美人なのを鼻にかけている。高慢ちき。冷酷。他人を見下している。

そんなことをずっと言われてきた。

そんなつもりはまったくないし、むしろ、ラウラは自分のことをおっとりとした性格だと思っている。

怒るどころかむっとするようなこともほとんどない。おしゃべりが好きで、家族といるときは笑ってばかりいる。本を読むのも空想の世界で遊ぶのも好き。知らないことを教えてもらうのが楽しくて、勉強も真面目にやる。

でも、そんなふうには見えないようで、努力をまったくしていない頭の悪い遊び人だとはっきり言われたこともあった。もうそのころには、誤解されて悲しい、という気持ちもそんなになくなっていたので、ふーん、と思ったぐらいだ。

人は外見で判断される。

それを知ったのは、まだ物心がついたばかりのころ。

ラウラが暮らすのはヨーロッパにある小さな国。いまいるリゾート地に遊びに来るような人と比べると全然だろうが、自国ではラウラの家はかなりお金持ちの部類に入る。それもいけなかったかもしれない。

家柄を盾にして、いばり散らしている。

そんな、ありもしないことを言いふらされたのは初等科に入学してすぐ。

ラウラはただ真面目に授業を受けていただけだ。じっと先生の言うことを聞いて、きちんと勉強をして、新しいことを学ぶのは楽しいな、と思っていただけ。人見知りなのもあって、級友ともほとんど口をきいていない。

それなのに、いばり散らしている、と言われて驚いた。それに尾ヒレがついて、だれだれをいじめてる、あの子もあの子もあの子もいじめられた、とどんどん変化していった。

ラウラは反論もできず、ただ、ぼんやりとその喧騒《けんそう》を見ているしかなかった。

だって、どうやったら止められるのかわからなかったのだ。

女の嫉妬というものが存在することすら知らなかった時期に、悪意の渦に巻き込まれた。

女子が結託すると怖い。

それをひしひしと感じるほど、ラウラに対する悪い評判は迅速に広められていった。全部、身に覚えのないこと。その中にひとつでも真実があれば、謝ることもできた。

そう見えていたのならごめんなさい。わたしにはそんなつもりがなかったの。

だれが言ったのかもわからない噂話《うわさばなし》を、きちんと否定することもできた。

でも、すべてが嘘《うそ》なのに謝りたくなんてない。ラウラはぎゅっと唇を引き結んで、黙って耐えていた。

その態度も気に入らなかったんだろうな、というのは、あとから振り返ってみればわかる。いじめているのに泣きもしないし、謝りもしない。それどころか、自分たちを見下したみたいな表情を浮かべている。

そうじゃないの。こういう顔なの。ごめんなさいね。

にこっと笑ってそう言っていれば、わたしの人生は変わっていただろうか。

それは答えのない問いかけだ。

限界はすぐに訪れた。

学校に行きたくない。

初等科に入学して半年もたたないうちに、ラウラは両親に泣いて訴えた。具体的なことは言いたくなかった。だって、娘がそんなひどいことをされていると知ったら、両親だって悲しむだろう。

だから、ただ、行きたくない、とだけ繰り返して、ラウラがそこまで言うなら、と両親が折れてくれたのだ。そこから家庭教師に来てもらうことになって、普通に通っていれば高等学校を卒業する日まで、長い間、本当にお世話になった。勉強だけでなく、人と交わっていれば身につく社会常識も教えてもらった。

家庭教師は五十代の男の先生で、勉強のときは厳しいけれど、お茶の時間にはおもしろい話をたくさん聞かせてくれた。本をもっと好きになったのも、読書家の先生が、たくさんいい本を教えてくれたからだ。

学校に行かなかった分、やさしい家族と家庭教師に囲まれて、楽しい時間を過ごせたと思っている。それは、とてもありがたいことだ。

家族と暮らすことは、もうないのだから。

十八歳になったら結婚する。

それは、ラウラのような身分だと当然のこと。結婚相手は親同士で決める。ラウラは拒否する権利がない。

そういうふうに育てられてきたので、違和感はなかった。家庭教師の先生に、長い間、お世話になりました、と涙を浮かべつつお別れのあいさつをした翌日には、それまで会ったこともない相手と婚約をした。それから半年後に盛大な結婚式を挙げることになっていた。

…それなのに、いま、ラウラは故郷から遠く離れた、まったく知り合いのいないリゾート地に一人でいる。素敵なお店を見つけて、毎日、ただ本を読んでいる。

それはとても楽しい。

だけど、いまごろ国ではどんな騒ぎになっているのか、とか、両親は大変な目にあっているんだろうな、とか、わたしがここにいることで余分なお金がかかっているのよね、とかを考え出すと、コーヒーのおかわりなんてできない。

大丈夫よ。うちには使いきれないだけのお金があるから、あなたは何も心配しないで。

母親はそう言っていたけれど、それだってラウラを安心させるための嘘かもしれない。ホテルは最高級で、その中でもいい部屋だから、お金はあると思いたい。でも、コーヒーのおかわりをするのは、どうしてもためらわれる。

ほとんどの人が知らないようなラウラの故郷の、それも、ごく局地的な話題なんて、この国にいたらまったく耳に入ってこない。ラウラの起こした問題がどうなっているのかわからない。解決まであとどのくらい時間がかかるのかもわからない。その間、ホテル代はずっと払いつづけなければならない。

なので、このお店で頼むのはコーヒー一杯とマフィンをひとつだけ、と決めていた。来るたびに何杯かはテーブルに運ばれてくるレッドミモザを飲めば、喉の渇きを癒《いや》すこともできるけど、あれはお酒だ。まだ十八歳で、もう少しで十九歳になるラウラには飲めない。未成年でもお酒ぐらい飲んでもいいじゃない。バカ正直ね。ホント、見てるとイライラするわ。

あの子に言われた言葉がトゲのように心に刺さっている。ほかにもたくさん。

でも、ラウラはお酒を飲んでもいい年齢までは飲みたくない。決められたルールを破りたくない。

それは、昔からずっとだ。

なので、どれだけきれいなルビー色の液体が運ばれてこようと、それがちょうど、コーヒーがなくなってしまって、ちょっと喉を潤したいな、というタイミングのよさでも、お酒には手を出さない。

「名前は？」

ああ、そうか。だれか座ってたんだったわ。

いやなことがあると空想にふけったり、意識をそらしたりする癖があるので、あんまり人の話を聞いていなくて、よく怒られていた。そういうところも、友達ができなかった要因のひとつかもしれない。

でも、家族といるときはちゃんと話を聞くし、ラウラもたくさんしゃべる。

要は人見知りなのだ。親しくなると家族のように接することができると思うけれど、残念ながら、そんな間柄になった人がいまだにいない。

「ラウラです」

嘘の名前を考えるのがめんどうなのと、ずっとこの国にいるわけじゃないので、本名を名乗ることにしていた。

「かわいい名前だね」

「ありがとうございます」

かわいい名前、というのも、男の人が会話を始めるときにかならず言うことだ。正直、こんなありふれた名前を誉めてもらっても、まったくときめかない。もっとちがうことを言ってくれたほうが、どきっとするだろうに。

ラウラは学校に行っていないだけで、お茶会やパーティーなどには出席している。同世代の男の子と出会う機会はいくらでもある。

ただ、出会うだけだけど。会話を始めてもまったくつづかない。きっと、ラウラの話がおもしろくないのだろう。

「名字は？」

「ピコット。ラウラ・ピコットと言います」

名前ぐらいなら、いくらでも教える。じゃあ、当てるよ、なんて長々と名前当てゲームみたいなことをされて困る。だって、当たるはずがないのだ。なのに、にこにこしてなきゃいけないなんて、苦痛以外のなにものでもない。

「へえ、名字もかわいいいんだね」

「そうですか？」

それはラウラも思っていることなので、言われると嬉しい。ピコットという響きがとても好きだ。

「読んでる本を見て、声をかけたんだ」

「…え？」

ラウラはそこでようやく、顔をあげた。

じっと見るから男の子が誤解するのよ。それとも、誤解させたいのかしら？　この世の男はすべて自分のものだとでも思ってるの？

そんな声がどこからか聞こえてくる。これは、いつ言われたんだろう。忘れようとしているのに、過去に意地悪くかけられた言葉が、たまに浮かんでは消えていく。

どうやら女の子にきらわれやすいらしい、と気づいたのは、いったい、いつだろう。かといって、男の人からも好かれているわけじゃない。

美人だね。その気の強そうなところがいいよ。

気は強くないんだけど、と思いながらも、女子に攻撃される部分を誉められたことが嬉しくて笑顔を向けていたら、いつの間にか部屋に連れ込まれて、押し倒されそうになったことが何度もある。

そういうときは自分の家の権力をフルに使うのを厭《いと》わない（厭っていたら犯される）ラウラは、ピコット家を敵に回すつもり？　と艶然と微笑《ほほえ》むのだ。相手は慌てて逃げていく。これで、毎回助かっているからいいけれど、さすがにもう学習して、男の人と二人きりにならないように気をつけることにした。

そうすると、男女ともに、あの子は怖い、美人なのを鼻にかけている、自分の家に権力があっても本人には関係ないのにそれを利用している、そもそも性格が悪そう、そういえば、こんなひどいことをされた、と、あることないこと、じゃなくて、ないことばかりを噂されるようになった。

初等科とおなじ流れだ。

ラウラはそれに気づく。

そして、やっぱり初等科のときのように、知らない人たちからも、ああ、あれがあの…、と陰口を言われるようになった。

どうやら、わたしの評判は地に落ちて、もとに戻ることはないらしい。

そう悟ったときは、さすがに泣いた。

だって、わたしはそんな子じゃないんだもの。性格だって悪くはない。本が好きな、ごく普通の女の子だ。家族といるときの姿を、みんなに見せてあげられたらいいのに。

いつも笑ってる。ずっとおしゃべりしてる。

そのわたしを知ってほしい。

でも、もうだめなんだわ。だれも、わたしに話しかけようともしないもの。

こんな孤独な思いをするぐらいなら、美人に生まれてこなければよかった。

ラウラは本気でそう思っている。

だからといって、そんなことを口にしようものなら、もっときらわれることもわかっていた。

なので、一人で悲しんでいるしかない。

そのあともいろいろあって、たった一人でここまでやってくることになっても、声をかけてくるのは欲望に満ちた目の男性だけ。

本当にこの容姿がきらいだ。

中身を見てもらえないなら、どんなに美人でも意味がない。

「ラウラ？」

「あ…ごめんなさい」

また考えごとをしてしまっていた。だって、男の人と目をあわせようとするだけで過去の亡霊が邪魔をするんだもの。

「何かし…」

ラウラはそこで言葉を切った。ようやく、相手の顔を認識したのだ。

まさか、と思う前に叫んでいた。

「ファビオ・ジラルドーニ！」

よね？

ラウラは持っている本の裏表紙を慌てて見る。そこには、作者の写真が載っていた。

ラウラが夢中になって読んでいる冒険活劇の作者は、若くして彗星《すいせい》のように現れた天才だと評されている。二十代前半でデビューして、あっという間に売れっ子になり、いまは三十になるかならないかぐらい。たしかに裏表紙の写真は若くてかっこいいけど実物はどうなのかしら、とラウラはちょっと疑っていた。

だって、こんなにおもしろい冒険譚《ぼうけんたん》、若い人に書けるもの？

でも、かっこいいから、という理由で女性たちがこのシリーズを買ってくれて、これからもつづきが出てくれるなら、別にかまわない。作者が本当はどんな人かなんてどうでもいい。おもしろい本が読めることのほうが嬉しい。

なのに…。

目の前には、いまラウラが持っている本の裏表紙とおなじ顔をした人がいる。

ファビオ・ジラルドーニが！

そこまで考えて、ラウラは自分の言動を思い返した。

わたし、尊敬している作家を呼び捨てにしちゃった！　どうしよう！　謝らないと！

「この…えっと…本の…あの…！」

うまく言葉が出てこない。しどろもどろ、とはまさにこういった状態を指すのだろう。

わたし、どうしちゃったの？

「ありがとう」

ファビオはにっこりと微笑んだ。

白黒の写真だと、髪や目の色などはわからない。でも、そんなの関係なかった。実際のファビオも黒い髪に黒い目をしているので、写真とそう変わらない。肌は少し褐色で、写真よりもエキゾチックに見える。

顔の彫りは深いし、鼻も高い。座っているからわからないけど、背は高いのだろうか。

作者なんてどうでもいい、と思っていたのに、どうして、わたし、こんなにファビオを観察しているの？

「きみのような読者がいてくれるから、ぼくもたくさん本が書けるんだ。読んでくれて嬉しいよ」

「サインください！」

ラウラは持っていた本を差し出した。

なんだろう。さっきから、まったく会話になっていない。それはわかっているんだけど、どうしていいかわからないんだもの！

だって、いま読んでるおもしろい本の作者にばったりカフェで遭遇するなんてこと、普通は経験しないでしょ！　そのときの礼儀作法があったら教えてほしいぐらいよ！

いやいや、だめだめ。

ラウラは自分を落ち着かせる。

そうやって、周りのせいにしちゃだめ。ちゃんとした会話ができないのは自分が悪いんだし、なんだ、この子、とファビオに思われているだろうことも、ラウラの態度がおかしなせい。

だれも悪くない。ラウラが悪い。コーヒーでも飲んで、冷静になろう。

コーヒーカップに手を伸ばすと、中は空だった。こんなことなら、さっきのレッドミモザをもらっておけばよかった。

ううん、それもだめ。わたしは未成年なんだから、お酒は飲まない。

ラウラは大きく深呼吸をする。

「…すみません、急にサインなんか頼んで。まさか、ご本人にお会いできるとは思ってなくて、ちょっと頭が混乱してました」

あ、よかった。どうにか普通の会話ができた。

「サインだね。いいよ」

ファビオは胸ポケットからペンを取り出して、ラウラから本を受け取り、表紙を開いたところに、さらさらと慣れた手つきでサインをしてくれた。愛読者であるラウラへ、という文字も入っている。

嬉しい！　これは、わたしの宝物だわ！

「ありがとうございます！　すっごく嬉しいです！　大事にします！　大ファンです！」

興奮のあまり、思わず、いろいろ言ってしまった。ファビオは少し驚いたような顔をしたが、すぐに笑顔になる。

「こちらこそ、読んでくれてありがとう」

「まさか…お会いできるとは思ってなくて…」

ああ、本当にわたし、ファビオと話しているのね！

ラウラの胸がときめく。

好きな本の作者と出会えるなんて、すごく幸運なことよ！

「ぼくも、まさか、こんな場所で、自分の本を読んでいる子に会えるとは思わなかったよ。リゾート地で真面目に本を読んでる人ってそんなにいないからね。驚きのあまり、じっと観察しちゃったけど、気味悪がらせたらごめんね」

「いいえ、全然気づいてませんでした！」

……しまった。またもや、失敗した気がする。

こういうときは、素敵な人に見られているな、と思ってました、うふふ、とか言ったほうが印象はいいだろうに。

そうじゃなくても、ラウラは、つんとした、とか、気取った、とか、冷淡な、と形容される容貌だ。いやみっぽく聞こえてないだろうか。

大好きな本の作者に、いやな印象を残したくない。

「きみ、おもしろいね」

ファビオはくすりと笑った。

「おもしろい……ですか……？」

家族以外にそんなこと言われたことがない。ずっと一人でいるせいか、どうも心が弱っているようで、たったそれだけで、ちょっと泣きそうになってしまった。

でも、好きな作家の前で突然泣き出すなんてことだけは避けたい。そんなことをしたら、さすがにおもしろがってはくれないだろう。

「うん。観察しているときから思ってたけど、すごく表情豊かだよね。だいたい、どこを読んでるかわかるぐらいに、くるくる表情が変わる」

「…え」

そんなこと言われたことがない。当たり前だけど、本を読むときは一人なので、これは家族も知らないはずだ。

「とても魅力的だよ」

「そんなことないです！」

ラウラは、ぶんぶん、と手を大きく振った。

魅力的と言われるなんて、だめな兆候だ。こんなに奇跡的な出会い、もう二度とないんだから、せっかくなら、本について感想を言ったり、内容についていろいろ質問したい。こういった危険な言葉が出てくると、だいたいがラウラの体が目当てなのだ。

そんなのはいや。

だって、ファビオはいい人に見える。ラウラがぼんやりしていても、上の空で返事をしなくても、ファビオのほうを見なくても、ちょっと美人だからって気取ってんなよ、と罵倒することもなかった。

…悲しいことに、このお店で一度、レッドミモザを突き返したら、そう言われたことがある。自分の国じゃなくても、どうやらきらわれるらしい、と少しだけ落ち込んだ。

でも、おごってほしい、なんて言ってないのに、勝手に期待して、勝手に飲めないお酒をくれる相手が悪い、とどうにか思うようにした。年配の店主がわざわざ出てきて、ああいうタチの悪いのはどこにでもいるから気にしないでおくれ、明日からもぜひ来てほしい、とコーヒーを一杯おごってくれたので、飲み終わるころには気分も上向いていた。

　そのときもファビオの書いた冒険活劇を読んでいて、だれに何を言われても俺は欲しい女も欲しい宝もモノにするぜ！　という主人公のセリフに救われたのだ。

　だれに何を言われても、という境地にラウラは達することはできないけれど、そうやって自分の欲望に素直に生きている人がどこかにいる、と思うことで元気になれる。自分とは正反対と言ってもいい主人公に、いつも力をもらっている。

　ちなみに、この本の主人公の名前も、ファビオ・ジラルドーニ。作者と主人公の名前がおなじ本がはやっているので、いま目の前に座っているファビオのほうは筆名なんだろう。別に本名なんてどうでもいい。ラウラにとって、この人はファビオ・ジラルドーニだ。

　今日偶然出会って、ちょっとおしゃべりして、それだけで終わる関係。

だったら、ラウラの顔のことなんて気に入ってほしくない。美人だというだけで、知性がなさそう、と思われるのもいやだ。

　顔だけでいろいろ得してるもんね、お勉強しなくてもいいんでしょ、という言葉が頭をよぎった。いろいろ言われ過ぎていて、これが現実に言われたことなのかどうかも確信はない。

　ファビオには、いま、どういう印象を与えているのだろう。

　頭が空っぽの美人がぼくの本を読んでるが、ちゃんと理解できてんのか？　だろうか。

…いろんなことがありすぎたせいか、ここ最近、被害妄想がひどい。

でも、魅力的なんて言うから。わたしの顔を気に入った、みたいな口調だから。

いやなことがつぎつぎに浮かぶ。

好きな本の作家さんだから、ファビオには普通に話してほしい。わたしの顔なんて気にしないでほしい。

「こんなに美人なのに…」

…いつだって、わたしの願いは叶《かな》わない。

友達が欲しいです。

そんな普通の願いすら、神様は叶えてくれない。

美人なんかに生まれたくなかった。少しぐらい顔が整ってなくても、愛嬌《あいきょう》があるほうがよかった。

だって、そのほうが人に好かれる。

こんなに美人、という、ラウラにとってはまったく嬉しくない言葉のつづきを聞きたくなくて、このままどこかへ逃げたくなる。

「すっごい変な顔してるな、って」

「…え?」

ラウラはぱちぱちと目をまたたかせた。

「ああ、ごめん！　その顔だとみんなに誉められてばかりだろうから、こんなこと言ったら傷つくよね…。せっかくの読者さんを減らしてどうするんだろう、ぼく」

「いえ！」

ラウラは慌てて否定する。

嬉しい、と言ったらおかしいだろうか。美人のくせに気取ってないふり？　と、ラウラをきらっている女の子たちのように露骨にいやな顔をするだろうか。自分の本の読者にそんなことは直接言わないにしても、心の中で、いやみな子だな、と思われるのだろうか。

でも、それでもいい。

だって、本当に嬉しかったから。

「嬉しいです！」

変な顔なんて、初めて言われた。生まれてから、美人だね、以外の評価を聞いたことがない。

それはつまり、あまり誉めるところがないのとおんなじことだと、ラウラはいつの時点でか気づいてしまった。

笑った顔がかわいいね、とか、怒ってても素敵だよ、とか、そうやってすねてる顔も魅力的だね、とか、周りの女の子は口説かれてるのに。

本当に美人だね。

ラウラには、バカのひとつ覚えのようにそればかり。そんな美人なきみが笑うとよりいっそう魅力が増すよ、なんて、恋愛小説めいたことを言われてみたかった。

途中から、あの子には美人って言っておけばいい、とバカにされているんじゃないだろうか、と思うようにまでなってきた。

中身なんか見てもらえない、ただの容《い》れもの。

それがわたしなんじゃないかしら。

なのに、この人は、ちゃんとわたしの顔を見てくれた。美人という表面上のことだけじゃなくて、いろんな表情を。

そういえば、くるくる変わる、とも言ってくれたんだった。

そんなこと、だれにも言われたことがない。

嬉しい、嬉しい、嬉しい！

「嬉しいの？」

「はい！　私、美人な自分がいやなんです！」

…あ、言いすぎた。これは失敗した。

そういうのは、さすがにわかる。

美人がいや、なんて、いやみにしか聞こえないだろう。

「へえ、そうなんだ」

なのに、ファビオは興味深そうにラウラを見つめる。

「どういうふうにいやなの？」

「えっと…顔しか見てもらえないから…中身とか…」

そんなにたいした中身じゃないでしょ、と、どこかから声がした。さすがにこんなことを面と向かって言われたことはないので、ラウラの妄想だ。

いつの間に、わたしはこんなに自信がなくなったんだろう。お茶会やパーティーでいやな目にあっても、家に帰れば両親が笑顔で迎えてくれて、妹たちと弟が、お姉ちゃん！　とまとわりついてくれて、それで癒されていた。

ああ、そうか。ここには家族がいないから。もう、ずっと親しい人たちと話していないから。顔だけで判断される日々を送っているから。

わたしの心も弱くなっているんだわ。

「中身は全然ちがうのに、って？」

「そうです！」

大きな声をあげてしまって、はっと唇を押さえた。

「す、すみません…」

「んーとね」

ファビオはにっこり笑う。

「普通に話してくれていいんだよ？　ぼく、いま、取材をしてるから」

「取材？」

いったい何の？

「そう。ヒロインは毎回、変えなきゃならないでしょ？　おんなじタイプだと飽きられちゃうし」

「そういえば、なんで、ヒロインは毎回変わるんですか？」

すごく初歩的だけど、聞いてみたかったこと。ヒロインが変わるところも受けている一因だ。

「そのほうがおもしろいかな、と思って。主人公が行く先々で様々なものを手に入れるのに、好きな女性の心だけは奪えない、ってよくない？」

「いいです！　そこが好きです！」

ラウラは、うんうん、と激しく同意した。

「あと、かっこいい主人公がふられるから、ざまあみろ、って思う、みたいな感想もたくさんもらうから、みんな、やっぱり完璧じゃない人が好きなんだなあ、って」

「そこもいいところだと思います！」

完璧じゃない。

それは、大事なキーワード。

だれだって完璧でいたいけど、そういうわけにはいかなくて。自分のだめさ加減に落ち込んだりもする。

そんなとき、完璧な人間なんていないよね、という物語を読むとほっとするのだ。

自分の人生がうまくいっているときは、どんなものでも受け入れられるだろうけど。いまのラウラには、それはかなりつらい。

冒険して宝物を手に入れて、魅力的な人々と出会って仲良くなるのに、好きな人だけがいつも手に入らない。

そんな主人公の境遇に、なんだか励まされる。

何かが足りなくても人生は楽しいんだよ、とやさしく頬《ほお》を撫《な》でられているような感覚。

主人公の不幸せが楽しい、なんて、どれだけ自分は狭量なんだろう、と反省したこともあったけど、そういう人が結構いたことにほっとする。

…わたしが狭量なのは変わらないとしても。

「ラウラは、ふられてほしい派？」

「はい！」

元気に答えてから、はっと我に返った。

こんなこと、堂々と言っていいことじゃない。だから、わたしは人にきらわれるんだわ。

「えっと…あの…いつかは幸せになればいいな、とは思ってます」

小さな声でつけくわえても、後の祭りだ。

「いや、いいんだよ」

ファビオが笑う。ことこと、と楽しそうな音を立てて。不思議な笑い声だけど、いやな感じではない。むしろ、こっちまで嬉しくなってくる。

わたしがだれかを笑わせてるの…？

そのことに、ラウラ自身が一番驚いている。

だって、みんな、わたしのことをいやな目でしか見ないのに。家族以外、本当のわたしを知らないのに。

大好きな作家さんを笑わせてる…？

ぽろり、と涙がこぼれたのを、ラウラは慌ててぬぐった。泣いてるなんて知られたくない。せっかく笑ってくれてるんだから、そのままでいてほしい。

だけど、作家の観察眼はごまかせなかった。

「どうしたの？」

「…なんでもないです」

「もしかして、笑ったから怒った？」

「ちがいます！」

どうして、怒ったと思われるのだろう。全然、怒ってないのに。むしろ、嬉しいと思っているのに。

無表情だから怖いのよ、と母親はフォローしてくれるけど、ラウラは笑顔をつくっているつもりなのだ。それなのに、怒ってる、とか、怖い、とか言われたら、もうどうしていいかわからない。

「怒ってないんです！　こういう顔なんです！　わたし…わたし…」

泣いちゃだめ。

ラウラは自分に言い聞かせた。

自分の読者だと思って声をかけたら突然泣き出した、なんて、ファビオにも迷惑がかかる。

「いま…楽しくてしょうがないんです！」

「そうなんだ。じゃあ、なんで泣いてたの？」

「ファビオ…あ、先生が…」

「ファビオでいいよ」

そんな気安く名前で呼んでいいなんて言ってくれた人はいないから、また泣きそうになった。

どうしよう。感情が抑えられない。

ちゃんとしなきゃ。よく考えたら、この国に来て、初めてまともに話している人だ。その相手にまできらわれたら、自分の性格が悪い、と認めざるをえない。

ラウラはちょっと人見知りなだけで、ちゃんと中身を知ってもらえれば、だれもが好きになるわよ。

母親に言われたその言葉にすがって生きてきたのに。

ちゃんと中身を知られた上で、なおかつ、なんだ、こいつ、と思われてしまったら、もうどうしていいかわからない。

「ファビオが笑ってくれたからです」

「ん？　どういうこと？」

「…あの…わたし…性格が悪いみたいで…」

そこで言葉を切った。

自分のことを性格が悪いとは思っていない。こんな言い訳めいたことは口にしちゃだめ。

「ちがいました。性格とかじゃなくて、単に友達がいなくて、わたしが何か言ってもだれも笑わないから…ファビオがわたしの言葉で笑ってくれて…そういうの初めてだったから…嬉しかったんです」

これでもまだ言い訳っぽいけど。それでも、性格が悪い、とか、きらわれてる、とか、そういうことを言わなかっただけいいとしよう。

「ラウラって家族いないの？」

「家族はいます！　家族は私の言ったことに笑ってくれます！　わたし、家族といるときはとても元気なんです！　ずっと笑って、しゃべってます！」

「うん、そうだよねえ。愛されて育ってるんだろうな、って最初に見たときから思ってたんだよ」

「え、わかります？」

わたしにはわからない。

愛されて育っているはずなのに、どうして、冷たい、とか、いばっている、とか、意地悪、とか、そんなふうに評されなきゃならないんだろう。

やっぱり、この顔なのだろうか。

そして、もとに戻る。

美人になんか生まれたくなかった。

「わかるよ。愛されてる人はね、キラキラしてるから」

「キラキラしてる…」

どうしよう。すごく嬉しい。

顔以外を誉められるのは本当に初めてだから、ファビオが言うことすべてが胸に響く。

わたし、こんなことを言われたかったんだ。

美人だね、じゃない、内面のことを誉められたかった。

「ぼくはね、たくさんの美人を見ているけれど、声をかけたいな、と思うことはほとんどないんだよね。もちろん、向こうからかけてくる、っていうのもあるけど」

自慢話…なのかしら…。でも、あまりにもあっけらかんとしているから、そんなにいやな感じはしない。

「自慢話、って思った？」

ファビオはにこっとする。

「自慢話なんですか？」

するっと思ったことが出てくる。これもまた、すごくめずらしい。何を言っても攻撃されることがわかっていると、慎重に言葉を選ぶようになるのだ。

…だからといって、うまくいくわけじゃないんだけど。

「どっちかっていうと口説き文句」

「…え」

しゅるしゅる、と楽しかった気持ちがしぼんでいく。

ああ、この人もそうだったんだ。美人なところはどうでもいい、なんて態度をしておきながら、結局、わたしの顔だけなのね。

すごく嬉しかった分、失望も大きい。

「あの…わたし、そろそろ…」

これ以上、ファビオをきらいになりたくない。このままだと、ファビオの書いた本まで読めなくなりそうだ。

「これでいいのか」

ファビオは小さなノートを胸ポケットから取り出すと、そこに挟んであったペンでさらさらと何かを書きつけた。

「何ですか？」

「ん、取材をしてるって言ったよね？」

そういえば、なんの取材だろう、と思ってたんだった。

「どういう言葉を言うといやがるのかを探ってたんだよ。つぎに書く作品のヒロインをラウラみたいな子にしようかな、ってきみと話している間に、ふっと思いついたんだ。美人で気が強そうなのに、中身はとても繊細でやさしい。それをわかってあげたのに、途中でよけいなことを言ってふられる。それには何がいいのかな、って」

「え、わたし⁉」

ラウラの声が大きくなる。

ヒロイン？　ファビオの作品に？　わたしが？

嘘でしょ！

「わたしなんて…なんのおもしろみもないですよ！」

「いや、十分におもしろい。こんなに美人なのに、こんなに自分に自信がない子、ぼくは初めて会ったよ。ラウラより何段階か落ちる美人でも、もっと自信に満ちあふれてるからね。本を読んでるときは、すっごいキラキラして見えたのに、ぼくが声をかけるとおどおどして、目も合わせないし。これまで知り合った美人は、こっちを挑むように見てくるから。どう、わたしの顔、きれいでしょ！　みたいな感じで。ラウラは、できるだけ見てほしくないのか、すぐにうつむいちゃうし。あ、この子、本当に自信がないんだなあ、って。そういう子はめったにいないから、すごく楽しいお話にできるんじゃないかな」

「…でも、そんなヒロイン、魅力的じゃないです」

美人で自信があって挑むように見てくるヒロインのほうがいい。

「魅力的に書けるかどうかは、ぼくの力量だよね。ぼくは、ラウラみたいな子をヒロインにしてみたい」

「いやです」

ラウラは首を横に振った。

「何が？」

「わたしがヒロインになるのはいやです。それで、そのヒロインがこれまでで一番きらわれたら、いやです。いやです！」

思わず、いやです、を繰り返してしまう。声も大きくなっていた。

「そんなにきらわれたくない？」

「もう、十分なんです…」

家族以外に味方がいない。

それだけでもつらいのに。

今回のヒロイン、いやなやつだったね。ふられてよかったよ。

世界中でそう思われたら、わたしの心はぽきんと折れる。

「レッドミモザでも飲む？」

「飲まないです」

そういえば、さっきレッドミモザを差し入れてくれたのはファビオなんだろうか。たぶん、ちがうんだろうな、とこれまでの話を聞いていて思う。

そもそも、声をかけたのだって、ラウラが自分の書いた本を読んでいたからだし、それだと、飲み物をおごる意味がない。

真実は聞かないでおこう。もし、ファビオだったら、ちょっとがっかりする。

「どうして？　お酒を飲むと、一時的にでもいやなことを忘れられるよ」

「わたし…まだ十八歳なので」

理由は、すごくシンプル。

お酒を飲める年齢になるまで飲みたくない。

「この国ではシャンパンは十六歳から飲めるんだよ」

「…え？」

知らなかった。その国によってお酒の飲める年齢がちがうなんて。

「だから、ラウラなら飲めるけど、どうする？」

お酒に興味はあった。レッドミモザも、きれいだな、と思っていた。

本音を言えば、わたしだって、みんなとおなじようにパーティーでこっそりシャンパンを飲んでみたかった。

だけど、社会的に決められたことは守りたい。法律や規則といったものを破りたくない。

そういうラウラの頑なさが、この子うっとうしい、と思われた要因のひとつかもしれないけれど、そこは譲れない。

でも、この国でなら飲んでいいの？

「すみません」

ラウラは手を挙げた。店員が驚いたような表情でやってくる。ラウラがこれまで、追加注文をしたことがないからだろう。

「この国ではいくつからお酒を飲めるんですか？」

「ビールやシャンパンなどの度数の低いものなら十六歳から、ほかは十八歳からです」

ファビオの言うことは本当だった。そして、もっと驚いたことに、ラウラの年齢なら、どんなお酒も飲めてしまう。

だったら、これまでレッドミモザをもらっておけばよかった。あ、でも、そうすると声をかけられたりしただろうから、断って正解ということにしておこう。

「ぼくのこと信用してないの？」

ファビオがおもしろそうにラウラを見た。

「自分で確認したかっただけです」

特に、法律が関わってくることは。こっそり飲んでもばれなければ大丈夫、という考えは、やっぱり好きじゃない。

「じゃあ、レッドミモザをふたつください」

ラウラはそう注文した。店員が、ますます驚きを浮かべる。

「レッドミモザをおふたつですね？」

でも、そこはプロ。笑顔でそう返してきた。

「はい」

「かしこまりました」

「おごるよ」

「いいです。わたしはわたしの分を払いますので、あなたはあなたの分を払ってください」

初めてのお酒ぐらい、自分で払いたかった。自分でといっても親のお金なのよね、とふと気づいて、やっぱり飲まないでいようかな、と思い直す。

でも、ファビオが言ったように、いやなことを忘れられるのなら。

いまのこの苦しい状況から、少しでも抜け出せるのなら。

そして、それが合法なのなら。

お酒に頼りたい。

そのぐらい、ラウラは疲れていた。

「取材費として」

そうか。取材をされていたんだったわ。シリーズ中でもっともきらわれるヒロインになるために。

　取材費なんかいらない。

　ヒロインになんかなりたくない。

　だけど、それでお金がもらえるとしたら、親のお金を頼らずに自分でお酒を飲める？

「…それは、わたしが稼いだことになります？」

「そう。ラウラが稼いだんだよ。それに、さっき、すごくいやがっていたけど、まだヒロイン
にするかどうかは決めてないからね。取材を進めて、そうする価値があると思ったら、ラウラ
みたいな子を登場させるし、そのときは、きちんと魅力的に書ける自信がある」

　ファビオはにっこりと笑った。

　その笑顔がとても魅力的で。さっき感じたいやな気持ちが、すーっと消えていく。

「あの、口説き文句って…」

「口説いてない、口説いてない」

　ファビオは困ったような表情を浮かべた。

「ごめんね、こういうことを言うのもなんだけど、出会ったばかりの知らない子を口説くほど、女性に不自由してないんだ」

「あ、ご結婚…」

「してないし、する予定もないし、決まった相手もいない。いまは執筆活動が楽しくて、そういった人を作りたくないんだよね。お金目当てに近づいてくる女性にもうんざりしてる。だから…うーんと…」

「好みじゃないわたしに声をかけたんですか？」

だったら、いい。

それなら、安心しておしゃべりができる。

「好みじゃないわけじゃなくて、ラウラ、どう考えても、いいとこのお嬢様でしょう？」

それは否定できない。お金持ちの家に生まれて、何不自由のない暮らしをしてきた。友達がいなかったり、同世代の女の子にきらわれていたりはするけれど、それはまた別の話だ。

「ぼくのような作家風情《ふぜい》は相手にしないだろうから、そういう点でも気楽」

なーんだ。

ラウラは、ほっと胸を撫で下ろした。

さっきの口説き文句うんぬんは、本当に小説のためだったんだ。ラウラの顔が気に入って、ラウラを狙っていたわけじゃなかった。

よかった…。これで、大好きなシリーズものを封印しなくてすむ。

ああ、ファビオっていい人だったなあ、と、たまに思い出しながら、本の中のファビオの冒険譚を読める。

本当によかった。

「お待たせしました」

シャンパングラスが二つ、ガラステーブルに置かれた。ちょうどそこに陽の光が当たって、きらきらしたルビー色がいっそうきれいに映える。

シャンパングラスの底からは、細かい泡が浮かんでは消えていった。

「取材費として、ぼくに出させてくれる?」

ファビオがシャンパングラスをラウラの前にすっと押し出す。そのさりげなさが、とてもかっこいい。

「じゃあ、ありがたくいただきます」

これは、わたしが稼いだお金。それで、初めてのお酒を飲む。

ここ最近のとんでもなく苦痛なできごとが、少しでもどこかへ去ってくれればいい。

ラウラはシャンパングラスを持ちあげた。ルビー色の液体が、早く飲んで、と誘っているようだ。

ラウラは、ふう、とひとつ深呼吸をしてから、シャンパングラスに口をつけた。ぐいっ、と一口飲む。

すーっと弾《はじ》けるような感触とともに、冷たい液体が喉を潤した。そのあとから、真っ赤なオレンジのさわやかな甘さが舌にやってくる。シャンパンの味はまったくわからない。この地方特産の真っ赤なオレンジで作られたジュースは、ホテルの朝食でかならず飲むようにしているので味は知っている。それとほとんど変わらない。

「どう？」

「おいしいです！」

お酒としてはどうかはわからないけど、飲み物としてすごくおいしい。冷たいのもあって、ごくごくいけてしまう。

「そんなに急いで飲まないほうがいいよ？」

ファビオが心配そうにラウラを見た。

「大丈夫です。これ一杯だけですから」

さすがに一杯以上、おごってもらうわけにはいかない。取材もそんなにされてないんだし。

でも、どうしよう、明日からレッドミモザの誘惑を断ち切れるかしら。コーヒーがなくなったところに運ばれてきたら、受け取ってしまうかもしれない。

「そうだね。じゃあ、いろいろ話を聞かせてくれる？」

「はい！」

ほわあ、と体が浮かんだような気がして、ラウラはきょろきょろと周囲を見回した。

いまのはなんだろう？

「どうしたの？」

「…なんでもないです」

ファビオやほかのお客さんたちは普通なので、どうやら、ラウラだけが感じたらしい。

「ラウラの子供のころのことを教えてくれる？」

「子供のころですか？」

「ヒロイン像を固めるために、そういう細かいことも必要なんだよ」

「きらわれてました」

にこっと笑いながら言っても、胸は、ずきん、とうずく。

そう、きらわれていた。

わたし、子供のころから、きらわれてたんだ。

どうしてだろう。みんなと仲良くしたかったのに。

「美人だから？」

「そうかもしれないですし、性格が悪いからかもしれません」

「ラウラはいい子だよ」

ファビオがじっとラウラを見つめる。

「社交辞令じゃないからね。本気で言ってるから。ぼくがこの短時間でわかったことは、ラウラは自分に自信がなくて、とってもいい子。だから、性格なんて悪くないよ」

「…やめてください。泣きます」

そう言いながらも、ぽろり、と涙がこぼれた。

いい子なんて、親以外に言われたことがない。話してもないのに、みんなにきらわれた。

ああ、だめだわ。悲しい気持ちにしかならない。

お酒を飲むと楽しくなれるんじゃなかったの？　まだ足りないのかしら？

「ぼくが泣かせたみたいだね。でも、すごく悲しかったんだろうから、泣いていいよ」

「…ごめんなさい。ご迷惑をかけて」

たしかにファビオに泣かされたんだけど、嬉しかっただけなのに。周りから見たら、女の子を泣かせる悪い人になるんだろうか。

「これを飲んだら、わたし、帰りますので」

「取材は？」

あ、そうか。これ、取材費だった。

なんだろう。さっきから、ほわほわしっぱなしで、うまく頭が働かない。

「もう一杯飲む？」

気づいたら、シャンパングラスが空になっていた。

「取材費ですか?」

「うん、取材費。まだ、全然、話を聞けてないから」

「じゃあ…いただきます」

もうちょっと、レッドミモザを飲みたい。真っ赤なオレンジのさわやかな味を楽しみたい。

ファビオが手を挙げて、店員を呼んだ。店員が今度は普通にやってくる。

「レッドミモザと、ぼくは赤ワインを。あと、生ハムをください」

かしこまりました、と笑顔を浮かべて、店員は去っていった。

「生ハム?」

「おいしいよ。食べたことないの?」

「薄切りにしたハムですか?」

それなら、パーティーで食べたことがある。

「それとはちがうかな。見てのお楽しみ」

よくわからないけど、楽しみにしておこう。

「楽しかったことを話してくれる?」

「楽しかったこと…」

いま、この瞬間、って言ったら、きっとファビオはいやがる。だから、ラウラは家族との時間について話した。

家族六人のお誕生日会、クリスマス、感謝祭。

ラウラがちゃんと笑える日。

ファビオは、うんうん、とやさしくあいづちを打ちながら聞いてくれる。

それだけで、涙が出るぐらい嬉しくて。

ああ、よかった、とラウラは思う。

ここで、この本を読んでいて。

ファビオに出会えて。

本当に本当によかった。

運ばれてきた生ハムは、食べたことのない味と食感で、でも、とてもラウラの好みに合った。

レッドミモザも、相変わらずおいしい。

「少し飲んでみる？」

差し出された赤ワインに少し口をつけたけれど、おいしいとは思えない。酸味がある変な味。

ちょっと顔をしかめたのでファビオに笑われた。

「お子様にはレッドミモザがちょうどいいね」

そんなことを言われて、ひどいです、と反論して。

ああ、普通に話すのって、こんなに楽しいんだ。

ラウラは改めて思う。

ここでファビオに出会えてよかった。
本当に、よかった。

第二章

「こんなことしちゃだめだよ」

「いいの…」

ラウラはファビオの目をじっと見た。

ここはファビオの部屋。ラウラはベッドに寝転んでいる。その上には、ファビオが覆《おお》いかぶさっていた。

「でも…」

「初めてじゃないから」

ラウラはとっさに嘘をつく。

「そうだとしても、お酒に酔ってっていうのは、あまりよくないと思うよ」

「じゃあ、どうして、ファビオはわたしの上からどかないの？」

ラウラは、にこっと笑った。

だれかの前で笑うのは、こんなにも簡単だっただろうか。

「それは…」

ファビオが困ったような表情を浮かべる。

「わたしには魅力がない？」

「そんなことはない。ラウラは魅力だらけだよ。頭がよくて、たくさん本を読んでて、しゃべってもしゃべっても話がつきなくて、こんなにも話が合う子、初めて会った」

「わたしも…」

本が大好きで、家の図書室にある本を片っ端から読んでいた。当然、好きな本も、あまり好きじゃない本もあって、それでも、何を読んでも、つまらない、とは思わなかった。あまり好きじゃないな、と思った作家さんでも、それ以外にも何冊か読んでみる。もしかしたら、最初に読んだのだけが自分の趣味に合わなかったのかもしれない。それでも、好きじゃないな、がつづくと、さすがに手には取らなくなる。

すごくおもしろい本に出会うと、だれかと本の感想を言い合いたい。でも、家族はほとんど本を読まない。ラウラが、これおもしろいの！　と興奮して勧めると、そうなんだ、とにこにこと聞いてくれるけど、その本を読んでくれたことはない。一年に一度、クリスマスに大規模な親戚の集まりがあって、そこで、ラウラほどじゃないけれど、結構、本を読むひとつ年上のいとこと、好きな本について話すのがとても楽しみだった。

今年はその集まりに出られない。本の話も、当然できない。

それが、家から離れたリゾート地でその作者と出会って、本の話がたくさんできた。

ファビオは作家だから当然なのかもしれないが、ラウラよりもたくさんの本を読んでいる。

ラウラが、この本がね、とタイトルを挙げると、ああ、あれね、と返ってくる。その内容についいて、なんの説明もせずに話しだせる。

こんな会話をずっと望んでいた。

何度もレッドミモザをおかわりして、ふわふわした心地よさを味わいながら、とにかく話しつづけた。取材だということを忘れて、ただ本の話をした。

いつの間にか口調も普通になっていたけれど、それをラウラは気にしなかった。ファビオも当たり前のように受け入れてくれた。

友達と話すのってこんな感じかしら？

そう思えることが嬉しくてしょうがなかった。

閉店です。

店員が申し訳なさそうに告げたときは、すでに外は日が落ちて暗くなっていた。それでも話し足りなくて、お会計をしているファビオを見ながら、もっと一緒にいたい、と思った。

あなたの部屋に行きたいの。

誤解させるかのような表現をしたのは、わざとだろうか。自分でもわからない。

そういうのは初対面の相手に言うことじゃないよ。

ファビオが困った表情を浮かべる。

それでますます、ファビオに好意を抱いた。

だって、ここでお別れしたら、二度と会えないでしょう？　だったら、したいことを全部するわ。

そんな大胆なことを口にしたとき、わたしはいまのこの状況を思い浮かべていたかしら。

…もしかしたら、途中からずっと、この関係を望んでいたのかもしれない。

わからない。何もかもがわからない。

酔ってるんだね。

ファビオは言った。

酔っているの。

ラウラは答えた。

ずっとふわふわした感じはあったけれど、酔ってはいなかった。初めて飲んだお酒は、ラウラに酔いを教えてはくれなかった。

いつもよりちょっと饒舌《じょうぜつ》になったぐらいだ。

だけど、酔っている、ということが、いろんな行動の免罪符になることは知っている。

だったら、酔っていることにしたい。

あなたがだめなら、だれかほかの人についていくわ。

その気もないのに、そんなことを言った。

酔いを醒《さ》ます間だけだよ。

ファビオは困った表情のままそう言って、ラウラを自分の部屋まで連れてきてくれた。ラウラの宿泊先とはまたちがう、だけど、おなじぐらい高級なホテル。その最上階の広い部屋にファビオは泊まっていた。

お水でも飲む？

ファビオが聞いたときには、ラウラはすでにベッドルームを見つけて、ベッドの上に座っていた。

ええ、ちょうだい。

ラウラは手を伸ばす。グラスに入ったお水を受け取るのと同時に、ファビオの手をつかんだ。お水を飲み干して、ベッドサイドテーブルに置いてから、ファビオの手を引く。

だめだよ、とファビオは言った。

だめじゃないわ、とラウラは答えた。

ファビオはベッドにあがったし、ラウラが寝転んだら、覆いかぶさってきた。

そして、いま、じっと見つめ合っている。

わたしは、これを本当に望んでいるんだろうか。

ラウラはずっと自分に問いかけている。

でも、答えなんて出ない。

どうしてこんなに大胆なことをしているのかも、よくわかっていない。

離れたくなかった。もっと一緒にいたかった。

それは本当の気持ち。

でも、ここまでは、と心のどこかで戸惑っている自分もいる。

「やっぱりだめだよ」

ファビオはラウラの上からどこうとした。その腕を、ラウラはとっさにつかむ。

ああ、わたし、やっぱり、これを望んでいるんだわ。

無意識の行動でそう気づいた。

どうしてかはわからない。

ただ…ファビオに抱かれてみたい。

この先、ラウラにそういう機会は巡ってこない。あんなことがあったら、縁談なんて、もう二度と舞い込んでこない。両親がどれだけ探しても無理だろう。

ラウラは結婚もできず、ただ一人…いったい、どこで暮らすの？　ほとぼりが冷めるまでこの国から出ていたほうがいいと思う、と両親は言っていたけれど、いつ、そのほとぼりは冷めるんだろう。

もう二ヶ月はたつというのに、両親からは手紙の一通も来ない。なんの進展もないからだということはわかっている。

でも、手紙が欲しかった。

元気でやってますか？

そんな普通の内容でいい。

故郷から遠く離れた場所で、知り合いもいないまま、普段はあまり使わない言葉で、ホテルの従業員やカフェの店員と儀礼的な会話をするだけなのは、本当に本当に寂しい。

雲隠れをする場所としてこの国を選んだのは、ここの公用語がしゃべれるからだ。ラウラの国は独自の言葉を持っているけれど、ヨーロッパで一番話されているこの国の言葉を自由にしゃべれるように習っていた。なので、まったく言葉に不自由はしないけれど、普段とちがう言葉しか話せないのはかなり疲れる。ここにとどまる時間が長くなればなるほど、その疲労は蓄積していくことだろう。

ヨーロッパで一番美しいリゾート地として有名なこの場所にいることも、おんなじような感じだ。

最初は景色の美しさを楽しんだり、食べ物のおいしさに感動したりしていた。喧騒から逃げてこられて、すごくほっとしてもいた。こんなに素敵な場所にいられるなんて嬉しいわ、と本気で思っていた。

本当に一人になる。

それがどういうことなのか、知らなかった。

これまでは何かいやな目にあっても、家に帰れば家族が笑顔で迎えてくれた。そのいやなできごとについては話せなくても、ほかの話題をたくさんしゃべることでラウラも笑顔になれた。

いまは、家族がいない。くだらないことを話して笑い合う相手がいない。

美人だからって気取ってるんじゃないよ。

カフェでかけられた言葉がいまもずっと忘れられないのは、それを打ち消すような楽しいことがないからだ。

でも、今日、ファビオと出会えた。ここに来て二ヶ月以上たって、ようやく本当の意味でおしゃべりをすることができた。

気の合う人と話す。

それが、どんなに楽しいことか思い出せた。

だから、ここにいたい。

…そして、ファビオに抱かれたい。

この強い感情はなんだろう。

したくない、いやだ、とばかり言っていたころがあったのに。それが、いまこの国にいる原因のひとつだけど、拒絶しつづけたことを後悔はしていない。

うっかりほだされたりしなくてよかった、と、むしろほっとしている。

わたしの処女は、あんな男に捧《ささ》げるべきじゃないもの。

なのに、さっき初めて会ったファビオとはいいの？

本当に？

ラウラはファビオの手を離して、自分の胸の中心にそっと触れた。そこは、どくん、どくん、と規則正しく打っている。

いつもラウラを安心させてくれる、心臓の音。

これが早鐘を打ったように鳴り出したら、逃げるときだ。いやなことを言われると、鼓動が速くなる。

ここにいちゃだめだよ。

そう教えてくれるかのように。

だけど、いまは大丈夫。ファビオといて、安心できてる。

「だめじゃないわ。女性に恥をかかせる気？」

こういうときのために強気の仮面があったのか、となぜか納得してしまった。

冷淡な、とも評される無表情は、戸惑いや恥じらいをきれいに隠してくれる。

「ラウラ、十八歳でしょ？」

「ええ」

「ぼくは三十歳だよ」

「それが、どうかしたの？」

「ラウラにとっては、おじさんじゃない？」

ラウラはぷっと吹き出す。

自信満々な主人公をあんなに活《い》き活《い》きと描く人が、たかが少し年が離れてるだけで、おじさんかどうかを気にするなんて。

「年上の人が好きなの、って言ったら？」

「それでも…二十代半ばまでじゃない？」

「四十の人もいたわよ？」

なんの経験もないのに、挑発するように言ってみる。うまくできているかどうか自信はないが、妖艶な笑みも浮かべた。

たくさん本を読んできたことが、こんなときに役に立つなんて。自分で経験してないことでも、想像や妄想でどうにか補える。

「ラウラは…」

「ええ、だれでもいいの」

これは自分じゃない。だから、何を言ってもいい。

「美人な自分がきらいだから、それを貶《おとし》めるの。きれいだね、って表面だけ見て言う人に復讐《ふくしゅう》するみたいな感じかしら」

「ぼくは…そうじゃないよ」

知ってる。わかってる。

「だから、初めて、ちゃんと抱かれたいと思った」

抱かれたいなんて言葉、自分から口にするなんて。

「ファビオが抱いてくれたら、わたしはようやく、いろんな呪縛から解放されるのかもしれない」

これは半ば脅迫だ。

わかってる。こんなのずるい。

ここまで言われたら、ファビオだって、どうにかしてあげなきゃ、と思うだろう。

でも、それを狙っている。

そこまでしてでも、わたしはファビオに抱かれたい。

どうしてなのかは、いまもわからないまま。

「もちろん、ファビオがしたくないって言うなら、それはそれで受け入れるわ。わたしは最初に言ったとおり、だれかほかの人を探すだけよ。ファビオは気にしないで」

ほかの人なんて探すつもりはない。

ファビオが、ごめんね、と言えば、自分のホテルに戻るだけだ。

わたしの望むものはやっぱり手に入らないんだわ、と落ち込みながら。

「ラウラは…」

ファビオがじっとラウラを見つめる。

「どうして、自分を大事にしないの？」

「だれも大事にしてくれないから」

思わず口に出てしまった言葉は、きっと、わたしの本音。

大事にされてない。大切に思われていない。

そのことが、ずっと心にある。

家族はちがう。家族はちゃんと愛してくれている。

それでも、わたしは自分に自信がない。いやな思いをたくさんしたから、この顔もきらい。

…自分がきらい。

そんなわたしのことを、もし、ファビオが抱いてくれたら。

欲情できるのだ、と教えてくれたら。

少しはわたしの中の何かが変わるだろうか。

それを知りたい。

「そんなにひどい扱いを受けたんだ？」

「ええ」

初等科のころも、少し年齢がいってパーティーに出るようになってからも。

…婚約者にも。

だめ、考えない。

ラウラはぶんぶんと首を振った。

それに、婚約者じゃない。もと婚約者だ。

「いま、だれのことを考えたの？」

「…昔の人」

「ラウラにそんなに悲しい顔をさせた男がいたんだね」

「…ええ」

悲しいというよりは、わたしっていったいなんだったんだろう、とむなしくなった。だれのことも信じられずに、親に勧められるまま、飛び出すように国を出てきた。

「ちょっと嫉妬するね」

「嫉妬…？」

「ラウラにそんな表情をさせた男に」

嫉妬する必要なんてない。親が決めた婚約者で、愛情なんてなかった。

それは、おたがいに。

それでも、もと婚約者は、結婚前にラウラとそういった行為をしたがった。会うたびに求められて、毎回、きっぱりと断った。

どうして、あんなにしたがったんだろう。

わたしのことなんて好きでもなんでもなかったのに。

わたしを切り捨てたくせに。

男なんて大っきらい。

いろんな目にあうたびにそう思ってきたけれど、もと婚約者の一件はラウラのその傾向をいっそう強めた。

なのに、わたしはファビオと楽しくおしゃべりをしたし、ファビオともっといたくて無理やりここまでついてきたし、いまはファビオに抱かれたがっている。

きっと、ファビオが特別なのだ。

だから、それをもっと特別にしたかった。

忘れられない記憶として、自分の中に閉じ込めたかった。

処女を捧げたら、絶対に忘れない。

「だったら、ファビオがもっとちがう表情にさせて？」

ラウラはファビオの肩に手を置く。本当は抱きつきたかったが、それは大胆すぎるような気がしてできなかった。

それもしょうがない。だって、なんの経験もないんだもの。

「困った子だね」

そう口にしたファビオの表情は、さっきまでとはちがっていた。雰囲気も変わっている。

どうしたのだろう。

「もう止まらないよ？」

ファビオがラウラの顎をつかんだ。

ああ、欲情してるんだわ。

それに気づいた。

ファビオがわたしに欲情している。

ファビオの顔が近づいてきて、ラウラの唇に軽く触れた。

ちゅぱ、と音をさせながら、唇が離れる。

…これが、わたしのファーストキス。

何かを失ったような感覚も、逆に、すごく嬉しいといった感情もない。

そっか、という感じ。

全部終わっても、そんなに感慨はないんだろうか。さすがに、もっとちがう思いを抱くのだろうか。

それは、いまはわからない。

「いいんだね？」

「…ええ」

ラウラはうなずいた。

迷いは、なかった。


「んっ…んっ…」

ファビオの舌がラウラの中に入ってきて、口腔内《こうこう》をまさぐる。体がふわりと浮くような感覚に、ラウラは戸惑ってばかりだ。

こんなキスがあることを、ラウラは知らなかった。本にはただ、キスをする、と書いてあるだけで詳細な描写はない。性愛の場面を詳しく書くと発禁処分になることは、だれもが知っている。

ファビオの書く冒険譚だって、好きになった女性とキスをしたあとはすぐに翌朝になり、ベッドでシーツにくるまって、ゆうべは楽しかったよ、とまたキスをする。そのゆうべに何があったのかは一切描かれない。

性行為がどういうものなのか、というのは知識としてある。だけど、具体的な内容はまったく知らない。

「ラウラも舌を動かして?」

いったん唇を離されて、そう言われても、どうしていいのかわからない。

ファビオのやわらかい舌がラウラの唇をそっとなぞってから、また中に差し入れられた。ラウラはどうにか応えようと、舌をファビオのに当てる。

「んんっ…」

舌先が触れ合って、すごくくすぐったい。それと同時に、ぴりっ、と電気のようなものが走った。

その感覚をもっと味わいたくて、ラウラは舌先を何度もファビオと触れ合わせる。

「んっ…ふっ…んんっ…」

ファビオの舌がラウラのに絡められた。

「んんんっ…！」

今度はくすぐったさじゃなくて、もっと強烈な感じがやってくる。ラウラは舌を夢中で動かした。

ちゅく、と粘膜の触れ合う音がする。

「ふぅ…ん…」

甘い吐息が鼻先からこぼれた。それもまた初めてのことで、ラウラの頬がかっと赤く染まりそうになる。そこをどうにかがんばって、慣れたふうを装いつづけなければならない。

このあとも待っているのは未知の世界。

…わたし、本当に大丈夫かしら。

ファビオの舌が触れては離れ、触れては離れ、と焦らすように動くたびに、びくん、とラウラの体が跳ねる。

キスだけでこんなふうになるなんて。

ようやくファビオが舌を抜いたときには、唇の中も外も、少し腫《は》れているような気がした。

「どうだった?」

ファビオがじっとラウラを見つめる。

「な……にが……?」

うまく舌が回らずに、言葉が途切れてしまった。

……まさか、わたしがなんの経験もないってことがばれたのかしら。

「ぼくのキス」

「……いいと思うわ」

ほかにどう評していいのかもわからない。

ファビオのキスはとても甘くて、心地よかった。比べる相手がいないので、上手とか下手とか、そんなことは判断できない。

でも、たぶん、うまいほうなんだとは思う。

「ラウラもよかったよ」

そっと髪を撫でられて、ラウラはうっとりと目を閉じた。

「脱がしていい？」

ファビオはラウラのドレスに手をかけた。

ドレスとはいっても、パーティーで着るような派手なものじゃない。リゾート地にはあまり似合っていないかもしれないが、ラウラの趣味でごくごくシンプルなデザインのものばかり。一人で着られるように、どれも上から羽織るだけになっている。

今日は細い肩紐《かたひも》の真っ青なストラップドレス。すとん、としたラインに見えて、実はウェストに切り返しが入っている。どのドレスにも、そういうちょっとした遊び心があるので、着ると楽しい気分になれるのだ。

「自分で脱ぐわ」

脱がされるのと、自分から脱ぐの、どっちがより恥ずかしくないだろう、と考えて、ラウラはドレスの裾に手を伸ばした。

初めてだと気づかれちゃいけない。

それもあるから、なかなか大変。

「脱がされるのはいや？」

「そうじゃないけど…」

こういう場合、どういった答えが正しいのかもよくわかってない。

「お気に入りのドレスだから、だめにしたくないの」

「ぼくは、そんなに乱暴にはしないよ？」

「男の人は、根本的に女性のドレスの脱がせ方を知らないのよね」

ラウラは、にこっと笑った。

「だから、自分で脱いだほうがいいの」

「そこまで言うなら、どうぞ。正しいドレスの脱ぎ方を見ててもいい？」

「いいわよ」

自信たっぷりに言ったものの、このドレスに正しい脱ぎ方も何もない。普通に裾からまくって脱ぐだけだ。

ラウラは裾をつかんで、そこでふと思いついた。このままドレスを上にずらしながら脱いだら、ちょっといやらしくない？　慣れている人みたいに見えない？

足からどんどん見えていって、下着…下着どんなのだったかしら…。まあ、普通よね。胸を押さえるコルセットがわりのもの。コルセットを自分でつけるのは無理だけど、胸をつぶさないとドレスが着られないので、かわりのものを見つけてもらったのだ。胸を強調するコルセットが流行《はや》りなのは知っているけれど、ラウラは逆に胸を小さく見せるコルセットを愛用している。

美人でスタイルもいいね、なんて言われたくない。胸がぺたんこになればなるほど嬉しい。

ラウラがいまつけているのは、タオルのような細長い形状のもの。それを二重に胸に巻きつけて紐で止めるだけなので、コルセットのような苦しさはない。その反面、コルセットほどの強度がないので胸が平らにはならない。けれど、ここに持ってきているドレスにはこれで十分。

…でも、それをファビオの前で見せるのは抵抗がある。

みんな、いざそういうときになったら、どうしているのかしら。電気を消してもらって、下着を見せないようにしてるの？

だいたい、寝転んだままドレスを脱ぐのって、お行儀が悪いわよね。ここで急に起き上がってもいいのかしら。

何も知らないから、つぎからつぎへと疑問が浮かぶ。

人と肌を合わせるって、こんなに大変なのね。

「ちょっと、わたしの上からどいてもらえる？」

ここは上半身だけでも起き上がろう。寝たままドレスを脱ぐのは抵抗がある。

「どうして？」

「横になってるとドレスが脱ぎにくいの」

「わかった」

ファビオはあっさりと承諾すると、そのまま、ラウラの隣に寝転んだ。ラウラはすっと上半身を持ちあげる。

「脱ぐけど、見ててもつまらないわよ。生地を傷めないように気をつけて、裾からめくりあげるだけ」

ラウラはそう言いながら、ためらうことなくドレスを脱ぎ捨てた。脱ぐと表裏が引っくり返るので、薄いブルーの裏地が見える。

「それなら、ぼくでもできたよ。脱がさせてくれればいいのに」

「つぎからね」

二回目なんてないとわかっているから、そういう約束も平気でできる。

ラウラはドレスをベッドの下にそっと落とすと、また横たわった。ファビオがすかさず、ラウラにまた覆いかぶさる。

「ホントに慣れてるんだね」

「ええ」

そうかんちがいしてくれたのならよかった。ファビオに抱かれたくて無理してる、なんて、絶対にばれたくない。

「ところで…これはどうするの？」

ファビオがコルセットがわりの下着を指さした。

「脱がせて？」

さすがに、これをほどいて、自らおっぱいをさらけ出すのは恥ずかしすぎる。

「えっと…どこを…」

「こういうのつけてる人、いなかったの？」

女性に慣れてるはずなのに？

「ぼくがこれまでに遊んできた相手はラウラみたいにいいところのお嬢様じゃないから、わざと下着をつけてなかったりするんだよね」

え、下着をつけてない人もいるのね。すごく大胆な感じがして、ちょっとうらやましい。わたしには絶対にできないわ。

でも、気になるところはそこじゃなかった。

「わたしは、いいところのお嬢様じゃないわよ？」

カフェでそう言われたときは、肯定も否定もしなかった。だけど、いまはとっさに否定してしまう。お嬢様を相手にするのはやっぱりだめだ、なんて断られてしまいそうで。

「所作でわかるよ。ラウラはドレスもきちんと二つに折ってから広がらないように下に置いたし、食べたり飲んだりしている姿が、きちんとしつけを受けてる人の美しさなんだよね。そういうちょっとしたところに人の育ちって出るから、がんばってお嬢様のふりをしてる子をすぐに見抜けちゃって、こっちが申し訳ない気持ちになる」

じゃあ、いまは？　わたしが遊び慣れてるふりをしてるのも、もしかして気づいてる？

それを遠回しに忠告してくれてるの？

でも、いまさら引き返せない。

…引き返したくない。

わたしはファビオに抱かれたい。一度でいいから、女性としての幸せを感じたい。この先ずっと、だれとも結婚せずに年老いていくだけの人生に、きらきらとした思い出が欲しい。

「そういう子ばかりを相手にしてたから、こういう下着は初めて見る。そもそも、何をするものなの？」

ファビオはまっすぐにラウラを見た。たくさん経験のある人は、知らないことを恥ずかしいと思わないのだろう。

そういう率直さも、すごく好ましく思える。

「コルセットがわりよ」

「え？　コルセットって、もっと胸の谷間を強調するんじゃないの？」

いまのはやりのコルセットは、さすがに知っているようだ。

「昔からの、胸を小さく見せるコルセットよ。本物はもっとちゃんと胸をぺたんこにしてくれるんだけど、一人じゃ着られないから」

「胸をぺたんこに？　どうして？」

ファビオは不思議そうにラウラを見た。

「胸をきちんと押さえないと、ドレスのシルエットが台無しになるの。それに、胸を強調するのははしたないもの」

「普通は強調するんだよ。遊びたい子は、そうやって男の気を引くからね。だから、すごくわかりやすい。ラウラみたいに、だれの誘いも跳ねつけて、きちんと背筋を伸ばして本を読んでる子が誘ってくる、っていうのは、すごく意外だった。それも、お嬢様なのに」

「わたしはたしかにお嬢様よ」

ラウラは認めることにした。よく考えたら、そのほうが話が早い。

「上流階級って、表向きは華やかにしてるけど内情はどろどろしてるの。みんな、働かないから退屈で、パーティーばかりやっているわ。結婚相手も勝手に決められるから、その人のことを好きでもなんでもなくて、パーティーで出会った相手と一夜限りの関係を結ぶのよ。だから、わたしみたいなのもごく普通なの」

ラウラが遊んでいること以外は、全部、本当だ。あの人とあの人はできている、みたいな話はいやでも耳に入ってくるし（そういう話が好きじゃない上に友達がいないラウラでも知っているんだから、その場にいる全員に知れ渡っているはず）、いったい、どこがどういうふうに関係しているのかもよくわからなくなるぐらい、複雑に絡み合っている。

ラウラの両親は奇跡的に出会ったときからおたがいを好ましく思って、一緒に生活しているうちにきちんと愛を育んだ、上流階級ではとてもめずらしい夫婦なので、そういったスキャンダルとは縁がない。

本当によかった、と思う。

これで親の関係までもがギスギスしていたら、ラウラの性格は歪《ゆが》んでいたかもしれない。

「そうみたいだね。ぼくも何度か上流階級のパーティーに招待されたことがあるから知ってるよ。最初は観察するのが楽しかったけど、だんだん辟易《へきえき》してくる。だから、いまは参加してないんだ。でも、結婚して何年かたってるわけじゃない、ラウラみたいに若い子たちでもそうなの？」

「好きでもない相手と結婚する前に、って子は多いわよ」

これは、さすがに事実じゃない。そういった子もたまにいたりはするけど、ばれたときのリスクが大きすぎる。

処女であること。

これは結婚するための、もっとも重要な条件だ。

結婚相手に初めては捧げる。子供もちゃんと産む。そのあとはどうとでもしなさい。

それが暗黙の了解だ。

たとえどれだけ浮気をしていても、決して離婚をしないのも大事なこと。出戻りと揶揄《やゆ》をこめて呼ばれる離婚歴のある女性は、二度と表舞台に姿を現さない。実家でひっそりと生涯を終える。

…ラウラもそうなるのだ。

でも、もしかしたら、そのほうが幸せかもしれない。いやな人に囲まれた生活よりも、大好きな家族とだけ一緒にいて、ずっと笑顔でいられるほうが。

「ラウラも結婚前にぱーっと派手に遊ぶために、ここに来たの？」

「それは…ちがうけれど…」

そもそも結婚前でもない。もう話は流れてしまった。

「じゃあ、たまたま、ぼくに出会っただけ？」

「そうね。わたしだって、好みじゃない人についていったりはしないわ」

「ついていった、っていうか、むしろ、ぼくが連れてこられた感じだけどね。ぼくの部屋なのに」

ファビオがにこっと笑う。ラウラは少し頬を染めた。たしかに、ラウラが無理やりファビオのホテルに案内させたようなものだ。

あのときは、やはり少し酔っていたのかもしれない。だから、大胆になれた。その酔いは、完全に醒めてしまっている。

それでも、わたしはここにいる。

それがすべての答えなのだと思う。

「でも、ぼくがラウラの好みならよかった」

「ええ、とても好みよ」

これは嘘じゃない。顔もすごく好みだけれど、話の内容とか、一緒にいて楽しいところとか声のトーンやしぐさといった細かいところもすべて含めて、ファビオはこれまで出会った中で一番素敵な人だ。

だから、この人にしよう、と思った。

わたしの処女をこの人にもらってもらおう。処女だとわかったら重いだろうから、遊んでいるふりをしなければならない。できるかしら、という不安はあるが、いまのところはばれていない。

このまま、うまくいってほしい。

そのためには、さっさとしないと。

鋭いファビオが、いろいろ気づいてしまう前に。

「紐をほどいて…？」

ラウラはファビオの手を取って、コルセットがわりの布の結び目に導いた。ファビオは結び目を手でつまむ。

「いいの？」

「いいわよ」

「これ脱がせたら、本当に止まらないよ？」

「それを、わたしは望んでいるの」

「後悔しないんだね？」

…もしかしたら、ファビオは気づいているのかもしれない。

そう思ってしまうほど、まっすぐ目を見つめられた。でも、わたしにできるのは、嘘をつきつづけることだけ。

「後悔なんてしたことないわ」

悠然と告げたら、ファビオが結び目をほどいた。ふっ、と締めつけがゆるんで、体が楽になる。

「これは…どうすれば?」

「巻きつけてあるだけだから、くるってはがしてくれればいいのよ」

こうやってファビオに脱がせ方を教えていると、なんとなく、ラウラのほうが経験豊富な気になってくる。

ファビオもそう錯覚してくれればいい。

「ああ、そうなんだ。コルセットって大変だね」

「正式なコルセットじゃないけどね」

本物のコルセットを見たら、あまりの面倒さにファビオはもっと驚くだろう。

その顔が見てみたい。

…見られないことはわかっていても。

くるり、くるり、と胸を押さえていた布が巻きとられていく。

「…あ」

ちょうど胸の中央まで戻って一巻きが残った。つぎにファビオの手が動けば左のおっぱいが見えてしまう。

「いいんだね？」

きっと、これが最後の確認。

「もちろん」

迷いなんて、ない。

ファビオの手が横にずれて、左のおっぱいが、ぷるん、とあらわになった。きゃあ、と小さな悲鳴をあげそうになるのを、どうにかこらえる。

頭の中で想像していたものと、実際はちがう。

それをわかっているつもりで、全然わかってなかった。

おっぱいを見られただけで、こんなにも恥ずかしい。

「え…？」

そんな様子を気づかれたらどうしよう、と不安になっていたのに、なぜか、ファビオが呆然《ぼうぜん》としていた。

「な…に…？」

今度は、またちがった不安が襲ってくる。

ファビオはいったい、どうしたのだろう。

もしかして。

ラウラは、はっと気づいた。

わたしのおっぱいはおかしいのかもしれない。あの驚いたような顔は、きっと、これまでにこんなおっぱいを見たことないからだ。

どうしよう、どうしよう、どうしよう！　経験があるって嘘がばれてしまう！

…ううん、ちがう。一番問題なのはそこじゃない。

もう、ファビオに抱いてもらえない。変なおっぱいの女なんて相手にされるわけがないもの。

「ラウラって、こんなにおっぱい大きかったの…？」

ファビオはまじまじとラウラのおっぱいを見ていた。

「ど…して…？」

「だって、ドレス姿だとぺたんこだったから」

よかった…。

ラウラはほっとする。

わたしのおっぱいが変だから驚いたんじゃなかったわ。

「さっきも言ったけど、コルセットってそういう役割なのよ？　おっぱいが大きいと、ドレスを着こなせないもの」

たしかに、ラウラのおっぱいは大きい。なので、正式なドレスを着るときは、結構大変だ。ぎゅうぎゅうに締めつけられて、かなり息苦しい。

「もっと小さくて、それをちょっと押さえてるんだと思ってた。だって、あんなにぺたんこなのに、コルセットを外したらここまで大きいなんて思わないし。なんで、こんなにきれいなおっぱいをつぶしてるの？　もったいない」

きれいなおっぱい。

その言葉だけで、不安が全部吹き飛んだ。

よかった。わたしのおっぱい、きれいなんだ。

「ドレスのラインがきれいに出るんだもの。それに…」

ふと、いいことを思いついた。

「ファビオみたいに、みんな、驚いてくれるから。それも楽しいわ」

経験があるみたいな言動をすると、なんとなく気が楽になる。自分でもそう思い込めると、もっといい。

わたしは処女じゃない。

これは、ただの遊び。

そういった態度が、自然と出てくるだろうから。

「ぼく、ラウラのこと貧乳だと思ってたよ。おっぱいはちっちゃいけど、別のところで楽しめばいいか、って。でも、大きいんだね」

ファビオは左のおっぱいをじっと眺めている。

「ね…全部…脱がせて…」

さすがに、片側のおっぱいだけ露出させた格好は恥ずかしすぎる。どうせ見られるのなら、両方見られたほうがいい。コルセットの役割を果たしていないただの布が、ぷくん、ともとの大きさにふくれた左のおっぱいにかかっているだけなんだし。

「ああ、ごめん、ごめん。あんまりにもきれいなんで、見とれちゃってた。脱がすよ」

ラウラが背中をちょっと浮かせると、ファビオが器用にコルセットがわりを抜き取った。右のおっぱいも、ふるん、とちょっと揺れながら姿を見せる。

「あ…」

そんな声が漏れてしまった。ため息めいたもの。いったいなんなのか、自分でもよくわからない。

「すごい…。なんか魔法みたい」

「…魔法?」

「小さいはずのラウラのおっぱいが、きれいな形をした極上おっぱいに変身してる」

「ちがっ…最初から…こうよ?」

まるでズルをしたかのように言われて、ちょっと傷つく。

…別に傷つくこともないんだろうけど。それでも、なんとなく悔しくなるのはどうしてだろう。

「こういうの使いたいな。でも、書いたら発禁だし…」

ファビオはただの布に戻ったコルセットがわりを見つめている。

「使いたいって小説に？」

「うん。なんらかの理由で男のふりをしているヒロインが、こういうの使ってるとよくない？」

「男のふり？　どうして？」

「男子が生まれなければお家取りつぶしみたいな理由で」

「いいわね！　おもしろそう！」

上流階級には、実際にそういう制度がある。女性が家を継ぐことはできないので、男子が生まれなければ家名が途絶えてしまうのだ。そういうときは、養子をもらったり、娘婿にきてもらったりと対策をしているから、本当に家がなくなることはめったにないけれど。

「そのときにこれを巻いていて、胸をつぶしていれば、見かけは男性に見えなくもないだろうし。ただ…」

「脱いだところを書けないのよね」

それを書いたら、ファビオが言ったように発禁だ。

コルセットを脱ぐと、豊かなおっぱいが…、なんて書こうものなら、二度とファビオの小説が読めなくなる。

それは困る。

「残念ね…。すごくおもしろそうなのに」

「ホントだよ。編集に、キス以上は絶対にだめですからね！　と毎回、注意されるんだから、参っちゃうね」

「洋服を脱がせるのもだめなの？」

そういえば、そんな描写もなかった気がする。

「キスをして、ベッドに押し倒して、おしまい」

「ファビオは、もっと書きたいのに？」

「いや、そこは書きたい部分じゃないからいいんだけど、男性に見えたのに実は女性だった、みたいな、いいアイディアを思いついても…あ、そもそも、男性に見える女性がだめだ…」

ファビオががっくりとうなだれた。

「え、どうして？」

「主人公が相手を男だと思っていて、それでも好きになったら…」

「ああ！」

そうか、同性愛者だとみなされてしまう。それは洋服を脱がすよりも大問題だ。キリスト教が深く根付いているヨーロッパでそんな内容を書いたら、大変なことになる。

「せっかくの思いつきだけどあきらめるよ」

「そうね」

これはもう、どうしようもない。読者が、男に見えるけど本当は女性だとわかっている、というのは、なんの助けにもならない。

「ファビオなら、またちがった、すばらしいアイディアをすぐに思いつくわ。今回は残念だったけどね」

「…という話は、ラウラがおっぱいを丸出しにしたまま、ベッドに横たわっているときにするべきじゃなかったね」

「え…あっ…！」

そうだった。話に夢中になりすぎて、あとは下着だけという格好なことも忘れていた。

「やっぱり、やめようか？　ラウラがこんな刺激的な姿なのに進んでないってことは、運命が、やめときなさい、って止めてるんだと思う」

そうかもしれない。どう考えても、色っぽい感じじゃない。

でも、やめたくない。

ラウラはファビオの頬を両手で挟むと、そのまま引き寄せてキスをした。さっき覚えたばかりの、舌を使うキス。

ちゅく、と唾液の音がする。

「運命なんて信じない」

ラウラはまっすぐにファビオを見つめた。

「わたしは、わたしの欲望を信じるの。だから、抱いて？」

「…ラウラには負けるよ」

ファビオがキスを返してくれる。

「ぼくだって、このおっぱいを触りたいからね。そう言われると逆らえない」

「早く触って…」

ラウラはファビオの手をつかんだ。そのまま、自分のおっぱいへ導く。ファビオは抵抗しなかった。ラウラがするに任せた。

ふわり。

ファビオの手がラウラのおっぱいに触れる。

「んっ…！」

ぱちん、と電気が走った。冬によくある、静電気みたいな感じ。

ファビオの手が乾いているから？

それとも、これはわたしの知らない感覚？

「ラウラのおっぱい、やわらかいね。いったん触ったら、もう我慢できなくなった。するよ？」
「ええ……」
ラウラは吐息まじりにうなずく。
わたしだって、してほしい。
最初で最後の性行為を。
ファビオ相手に。
……早く。

「あっ…やぁっ…」

ラウラは、ぶんぶん、と首を横に振った。ファビオはさっきからずっと、ラウラの右の乳首だけをいじめている。

きゅう、とつまんで、引っ張って、乳頭をこすって、そのまま回して。ファビオの指が動くたびに、ラウラの中に痺《しび》れたような感覚が走った。

きっと、これが快感なのだろう。

「なっ…で…そこばっかり…いじるの…？」

「どんなふうに変化するのかな、と思って」

ファビオは乳輪を指でなぞる。

「はぁん…」

ラウラの唇から甘い声がこぼれた。

「ラウラの乳輪は感じるとぷっくりするんだね」

「きゅうって縮む子と、逆にふくらむ子といるから」

「え…どういうこと…？」

そうなんだ。知らなかった。

「どっちが…好き…？」

ファビオの好きな変化をしていたらいいな、と思う。嘘をついて抱いてもらうんだから、せめて、そのぐらいはファビオに楽しんでほしい。

「ぷっくらしてるほう。ぷくーっ、ってやらしくふくらむとこ見るのが大好き」

「じゃあ…よかったわ…」

ファビオがたくさんの女性と性行為をしているのは、本人の言動でわかっていた。ファビオはかっこいいし、年齢も年齢だし、有名人だから、もてるのも当然だ。

でも、どうしてだろう、ちょっと胸が痛い。

「もっとふっくらさせていい？」

「どうぞ…好きにして…」

「ラウラも、こうされるのが好き、ってあったら、遠慮なく言ってね」

「ええ…」

そうやって自分からお願いするものなの？　性行為そのものがどういう仕組みかというのはきちんと教えてもらっているものの、実際の行為においてはわからないことだらけで、何が普通なのかすらわからず戸惑う。

…おかしなことをしてしまったらどうしよう。

急に恐怖が襲ってきた。

わたしは何もしたことがない。こういうときの常識を知らない。こんなのありえない、と思われたら、わたしが処女なのがばれてしまう！

「でも…わたしは…」

ラウラは必死で頭を働かせた。

「こういうときは…まかせることにしてるの。お好きなようにどうぞ、って…。だから、してほしいこととかないわ」

「淑女《しゅくじょ》ってそうらしいね」

ファビオがラウラの乳輪をつまむ。

「ひゃぁ…ん…」

「どうぞ、あなたのお好きに、って。じゃあ、そうするよ」

ファビオが乳輪を指でくるくるとなぞり始めた。

「あぁっ…やぁん…」

ラウラの体が、びくん、と跳ねる。

「ぷくぷくにしてあげる」

ファビオの指が乳輪をつまんだり、こすったり、撫で回したりするたびに、そこから体中に電流のようなものが走りつづけた。

「はぁん…だめぇ…あっ…あぁん…」

ラウラの体が大きくのけぞる。

「ほら、見て」

ファビオがようやく乳輪から手を離した。

「な…に…?」

「右と左。全然ちがうでしょ」

「やっ…!」

思わず見てしまって、ラウラは頬を赤く染める。ファビオの言うとおり、右の乳輪が左よりも一回りぐらい大きくふくれていた。

やらしい。

自分でもそう思う。

わたしの乳輪…すごくやらしくなってる。

「乳首もいじらないとね」

ファビオはやっぱり右の乳首にしか触れない。そこを指で、ぎゅっと押しつぶした。ふくらんだ乳輪の中に、ずぶっ、と乳首が沈む。

「ひぃ…ん…やぁぁっ…」

乳首はもっと直接的な刺激をもたらした。そうやって上から押さえつけられるだけで、快感が強くなる。

「いやなの?」

ファビオがぱっと指を離すと、乳首が震えながらもとの位置に戻ろうとする。

「いや…じゃないけど…」

「じゃあ、もっとするね」

ファビオはラウラの乳首の根元をきゅうっと指で挟んだ。そのまま、左右に揺すられる。

「はぅ…っ…やぁん…」

「だから、やなの?」

「やじゃない…のっ…言っちゃうだけだから…好きにしてぇ…」

「かわいい」

ファビオがラウラにキスをした。ラウラはもっとしてほしくて、その唇を追いかける。ファビオがキスを何度かしつつ、乳頭を指の腹でゆっくりとこすった。

「んっ…んっ…」

「気持ちいい?」

「…気持ちいいっ…」

ラウラは正直に答える。恥ずかしいけど、ファビオには知っててほしい。

わたしは気持ちよかったんだ、と。

最初で最後の行為だけど、ちゃんと感じたんだ、と。

覚えておいてくれたらいい。

…ファビオほどもてる人には無理かな。

「ラウラのおっぱい、全体的にやらしくていいね。色もピンクできれいだし、乳輪はぷっくらするし、乳首は、ぴん、って上を向くし。こういう乳首大好き」

ファビオはラウラの乳首を、ふにっ、と左右からつまみ上げた。

「ひゃぁ…ん…」

「感じやすいところもいい。かわいいね」

ファビオはラウラに、ちゅっ、とキスをしてから、ラウラの乳首にもおなじように口づけた。

「やぁん…っ…！」

指とはまたちがった感覚。やわらかくて、温かい。

「ラウラがどれだけ感じてるのか見せて？」

ファビオがラウラを見上げながら、にこっと笑う。

どれだけ感じてるって、どうやって見せるの…？

ファビオの手が脇腹をすーっとなぞった。

「んっ…あっ…」

体のどこかをそうやって触られると、やっぱり電気が走る。ファビオの触り方が上手なんだろう。

「脱がすよ」

ファビオの手がラウラの下着にかかった。

いや！　と叫びそうになって、慌てて唇を閉じる。

いやじゃない。わたしはこういう行為に慣れてるの。脱がされたって平気。

そんな顔をしてなければ。

いや、とか、だめ、とか、言わないように気をつけよう。

「いいわ…よ…？」

ラウラはにっこり笑顔を浮かべた。

「腰を浮かせたほうがいい…？」

「そうだね。そのほうが脱がせやすい」

「わかったわ…」

ラウラが少し腰をあげると、ファビオが、するり、と下着を脱がせた。手慣れているのがよくわかるすばやさだ。

…これで、わたし、何も身につけていない。

ラウラは自分の姿を見下ろす。

右のおっぱいは乳輪がふくらみきって乳首もとがっているのに、左はいつもどおりなのが、なんだかいやらしい。きゅっとくびれたおなかとぐっと広がる腰回り。いつもは隠れている部分がさらけ出されている。

「ぼくも脱ぐね」

ファビオはにこっと笑うと、すばやく洋服を脱ぎ捨てた。下着を下ろすときには、思わず、目をそらしてしまう。

だって…見たことがないんだもの。

興味はあるけど、きゃあ、と叫んでしまっても困るので、とりあえず見ないでおこう。

「足を広げて？」

「足を…っ…」

なんで、そんなことを、なんて思ったらだめ。恥ずかしがってもだめ。

ラウラは足をおずおずと小さく開いた。

「もうちょっと」

「それは…自分でやって…？　それもまた、男性側の楽しみでしょ？」

ラウラはどうにか言い訳を並べたてる。だんだん、それも楽しくなってきた。

わたしはこの難関を切り抜けられるかしら？

そんな気分になっている。

「いいね。そういうの、そそられる」

ファビオはにやりと笑った。

どくん。

ラウラの心臓が跳ねる。ファビオのことがすごく男っぽく感じられたからだ。

これまでだって、当然、とても素敵な男性としてファビオのことは見ていたし、だからこそ、ファビオにならわれてもいい、と思った。

わたしの処女を捧げたい、と。

きっと、ひどくはされない。だって、とても穏やかな人柄だもの。

なのに、にやりと笑うファビオは野性味にあふれていて、なんだか、ちがった人に感じられる。

それも、また別の魅力だ。

「じゃあ、開くよ」

ファビオはラウラの足の間に体を割り入れると、足をぐいっと左右に開いた。結構、広げられて、きゃあ、と悲鳴に似た声が出そうになるのを、どうにかこらえる。ファビオはそのまま、膝の裏に手を入れて、ぐいっと持ちあげた。

足を曲げて、大きく開いて、その間にファビオがいる。

これは…さすがに恥ずかしい。

ラウラの頬が熱い。顔が赤くなっているにちがいない。

どうしよう。こんなの耐えられるかしら…？

「濡《ぬ》れてるね」

ファビオがラウラの足の間をのぞき込んで、満足そうにつぶやいた。

カッとさらに顔全体が熱くなる。

性行為についてのおおまかなことは、婚約が決まったときに母親に教えてもらった。あなたが結婚する前に母親として教える最後のことがこれって変よね、とおかしそうに笑いながら、でも、真面目に解説してくれた。

あなたに、もし女の子が生まれたら、おんなじように教えてあげてね。もちろん、お母さんが教えたことそのものじゃなくて、自分が実際に経験してみてわかったことを、よ。知識は力だから。どんなことでも知っておいてほうがいいの。なのに、こういった大事なことははしたないと思われて、だれも教えてくれないのよね。あなたが不安な思いをしたり、怖い気持ちを抱かないようにするのが母親の役目なの。まあ、でも、実際にしてみないと本当の意味では理解できないんだけど。

母親は最後にいたずらっぽくつけくわえた。

その言葉どおり、実際にしてみるまで理解できなかった。でも、母親が教えてくれたおかげで、ラウラはいま、なんの経験がないながらも、どうにか対応できている。

濡れる。

それがどういう状況なのかも知っている。

「そう…？　わからなかったわ…」

それでも、恥ずかしさを見せまいと、ラウラは、にこっと笑ってみせた。

「わからないものなの？」

「わかっててても言わないわよ。わたしはお嬢様なのよ？」

じっとファビオを見たら、彼の目が少し欲情しているように感じられる。

「そういうのいいね。なんか妖艶に思える」

「ここは、ありがとう、って言っておくべき？」

「そうだね」

ファビオはラウラを見返した。

「ありがとう、って言って？」

「ありがとう」

「んー、これはちがったな」

ファビオはなんだか楽しそうだ。

「ちがった、って何が？」

「そそられなかった」

「あら、そう」

どうでもよさそうに言ったけど、実はちょっと傷ついた。

そそられない。

その言葉が、ラウラ自身を否定されたように感じたのだ。

頼んだのはファビオで、わたしが悪いわけじゃないのに。

「してるときにお礼言われてもだめだね。ぼくが悪かったよ」

「そんなことないわ」

ラウラはほっとした。

よかった。わたしのせいじゃなかった。

…こんな調子で、わたし、ちゃんとできるのかしら。

ラウラはどんどん不安になってくる。

ファビオの一言一言に過剰に反応しすぎてる。もっと余裕をもたないと。

でも、初めてなんだもの。いったい、どうしたらいいんだろう。

無事に終わらせるためには…そうか、早くすればいいんだわ！　こうやって会話しているから、いろいろ考えてしまうわけで。

「ね…わたし…濡れてるのよ？」

ラウラはそっとファビオの二の腕をつかんだ。男性らしい、たくましい太さだ。小説家というと、部屋にずっとこもって、頭をかきむしりながら、紙に何かを書きつけているイメージしかなかった。外に出ないから色が白くて、体を鍛えてないのでひょろひょろしている。昔の作家の肖像画も、線が細い感じの人たちばかりだし。

でも、ファビオはちがう。見かけはがっしりとした感じでとてもかっこいいし、カフェで人を観察しながら過ごしたり、いろんな女性と遊んだりする、お金持ちの男の人。

たぶん、ファビオが作家としてはめずらしいタイプなのだと思うけど、きれいに筋肉がついた二の腕を、とても魅力的に感じる。

「すごくいい誘い文句だね。それは、とてもそそられる」

「そそられたら…何をしてくれるの…？」

「これかな」

ラウラがつかんでいないほうのファビオの手が動いて、ラウラの蜜口にそっと触れた。

「はぁん…っ…！」

ラウラは甘い声を漏らす。

「すごいね。本当に濡れてる。ぐちょぐちょだよ。右のおっぱいだけで、こんなに感じちゃった？」

「知らないわ…」

恥ずかしくて顔を両手で覆いたくなった。自分の体がどのように変化するか知識として持ってはいても、実際にそうなると、どう対応していいのかわからない。

知識は武器だけど、経験もまた武器なのだと思う。

「こっちも触ってあげないとね」

ファビオの指が、つーっと上のほうへ滑った。

つん。

クリトリスをいじられて、ラウラの体が大きく跳ねる。

「やぁぁぁっ……！」

なに…このびりびり痺れるみたいな快感は…。

ラウラは戸惑う。

まるで雷に打たれたようだ。

「ラウラのここは、まだ蕾《つぼみ》だね。ちっちゃくて身を縮ませてる。あんまり、ここをいじられたことがないの？」

いじられると大きくなるの？　そういう器官があるということを知っているだけで、多く触られたらどうなるのか、とかは、さすがに母親だって教えてくれない。

ラウラが知っているのは必要最低限のことだけだ。

「そ…うね…」

それでも、何か答えなきゃ、と、ラウラは必死で言葉を搾《しぼ》りだした。

「慌ただしく体を重ねるだけだから…みんな…濡れてればよかったんでしょ…」

あ、なんとなくうまい言い訳ができた気がする。

「もったいないね。じゃあ、ぼくはじっくりここをかわいがってあげるよ。ラウラに、クリトリスを愛撫《あいぶ》されると気持ちいい、って教えてあげる」

ぞくり、と背中が震えた。

これは期待なのだろうか。それとも恐怖？

「まずはこするね」

ファビオの指がクリトリスを上下になぞる。

「あぁぁっ…やぁん…！」

びくん、びくん、とラウラの体が浮いては沈んだ。こんなに快感をくれるものが自分の体に備わっているなんて知らなかった。

「つまんでもみようか」

くりっ、とつままれて、声も出せないほどの気持ちよさが体中を駆け巡る。びくびくびくっ、とさっきよりもさらに体が跳ねた。

「やさしく撫でるのと」

ファビオの指がクリトリスをそっと押さえる。

「ひゃぁ…ん…」

「少し強く刺激するの、どっちが好き？」

ピン、とクリトリスを指で弾かれた。

「ひゃぅ…っ…！」

「似たような甘いあえぎだけど、強めのほうが好きみたいだね」

ファビオはラウラのクリトリスを、指で、ピン、ピン、と何度も弾く。そのたびにラウラの体には電流のような快感が流れ込んだ。

「あっ…いやぁ…だめっ…そこはもういいっ…のっ…！」

自分でもはっきりとした正体のつかめない不安が襲ってきている。

このまま、されつづけてはだめ。

本能的な何かだろうか。脳が警告を出しているかのような。

「そう？　ちっちゃかったクリトリスがふくらみ始めてるよ。ぼくはね、乳首でもなんでも、ぷっくりしてるのが好きなんだ」

最初に遠慮がちだった人はどこにいったんだろう、と思うぐらいに、ファビオはこの状況を楽しんでいた。

「それに、ラウラだって、ここで初めて快感を得てるんだ。もっとしてほしくないの？」

「わたしは…抱いてもらえれば…それだけで…はぅ…ん…っ…！」

あえがないように慎重に言葉をつむいだのに、どうしても甘い声がこぼれてしまう。ずっと、ファビオがクリトリスに触れているからだ。

「そういうの、よくないと思うんだよね」

ファビオは指の腹で、クリトリスをこすり始めた。

「やぁぁっ…！　それ…だめぇ…！」

強くされたあとの弱い刺激。体が敏感に反応する。

「女性が気持ちいいと思うのが罪みたいな考え方、ぼくは好きじゃないんだよ。一緒に気持ちよくなりたい。むしろ、女性により感じてほしい。だから、ラウラのクリトリスが未発達なのが許せない。自分の快感のみを追う男ばかりを相手にしたらだめだよ」

ちがう…だれにも触られたことがないから…。

そう言ったら許してもらえるのだろうか。でも、これまでの嘘もばれてしまう。

ファビオに抱かれる。

その一番の目的すら達せられないかもしれない。

「わかった？」

「ええ…これからは…はぁん…やっ…！」

クリトリスをつままれて、くりっ、と回された。頭のてっぺんから足の先まで、一気に快感が降りてくる。

そう…快感が体を上から下に降りてくるみたいに感じる。

「これからは？」

「ちゃんと…いじってもらうからっ…もっ…今日は許して…っ…」

「いやだ」

ファビオはにやりと笑った。

…またもや、男を感じさせる表情。

ううん、男というかオス。動物的なもの。

ファビオが普段は言葉のやわらかさで隠しているもの。

どくん、と心臓が跳ねる。

どうしてだろう。ファビオのこういった表情をうっとりと見つめてしまう。

やさしくていい人だと思ったから、ファビオに処女を捧げようと決めたのに。ほんのたまに出てくる男らしさにときめいている。

ファビオはじっとラウラを見つめながら、クリトリスをゆっくりとこすった。

「はぅ…っ…ん…」

「ぼくがラウラにこれまでにない快感を与えてあげるよ」

ファビオの指が上下にクリトリスを撫でさする。指が動くたびに、ラウラの体に快感が駆け抜けた。

「あっ…あっ…あぁっ…！」

ラウラのあえぎが大きくなってきた。ファビオの指に合わせて体が跳ねるのも、止められない。

ファビオの指の動きが速くなってきた。クリトリスを執拗《しつよう》にいじられて、ラウラの頭がぼーっとなる。

「やっ…なんか変っ…ファビオ…やめてっ…あっ…あっ…あっ…」

「それでいいんだよ。そのまま、快感に身をまかせて？」

「ど…すればいいのっ…？」

全身が痺れている。それなのに、まだまだ快感の波が押し寄せてくる。

これは…何？

ぐりっ、とクリトリスを強く押された瞬間。

「いやぁぁぁあっ…！」

ラウラの全身に強烈な快感が走り抜けた。体が、びくびくびくっ、と激しく震えて、ラウラの内部から愛液があふれ出す。

「イッたね」

ファビオがラウラの髪をそっと撫でながら、ちゅっ、とキスをした。

「どう？　女性は、ここでこんなに気持ちよくなれるんだよ」

ラウラは、はあ、はあ、と荒い息をつく。頭が真っ白になって、何も言葉が出てこない。性行為のたびにこんな強い快感を得られるのだとしたら、みんながしたがるのがよくわかる。

…だって、これは気持ちいい。

「それなのに、自分だけ気持ちよくなろうとする男を許しちゃだめ。ラウラが自分の体を大事にしなくても、ぼくにはそれを批判したり止めたりする権利はないけど、せめて、おたがいに気持ちよくなれるような相手にしなさい。いいね？」

「…うん」

そんな機会は訪れないけれど、ファビオが言っていることはよくわかった。女性を大切にしない男とこういった行為をするんじゃありません、ということだ。

それはラウラのことを思っての叱咤《しった》。だから、すごく嬉しく思う。

今日出会っただけの赤の他人に、こんなに親切に教えてくれるなんて。

ファビオは本当に素敵な人だ。

「ラウラは素直でいい子だね」

ちゅっ、とまたキスをされて、ほわん、と胸が温かくなった。

「じゃあ、つづきをするよ？」

「…お願い」

そうだ。まだ終わってない。一番大事な処女をもらってもらえてない。

これまでもそうだったけど、このあともいったいどんな感じなのか、想像すらつかない。なので、気を引き締めないと。

初めてだとばれないように。

「指入れるね」

つぷん。

そんな音をさせながら、ファビオの指が膣《ちつ》の中に入ってきた。

「んんっ…！」

指だけなのに、すごい圧迫感がある。そして、初めてそこに何かを受け入れたことが、とんでもなく恥ずかしい。

「ラウラの中、すごく濡れてるから入りやすい」

え、これで…？

そう思ってしまうぐらいの違和感。ファビオの指が奥へ進むたびに、ひっ、と息をのんでしまいそうになる。

指一本でこんなだったら…本当にばれずにできるの…？

「ほら、動かすのも簡単」

ファビオが指を抜き差しし始めた。ぬちゅ、ぬちゅ、と濡れた音が響く。

「んっ…んんっ…」

ラウラは必死で唇を噛《か》んだ。気持ちよさそうな声を出さなきゃいけないのに、この状態じゃ絶対に無理。

でも、全然ちがう。

クリトリスでイッたから平気だと思っていた。膣の中に何かを入れられても大丈夫だと。

初めては痛いものよ。覚悟してなさい。

母親のそんな言葉がよみがえってきた。

痛くはないけれど、とにかく変な感じ。圧迫感と違和感がすごくて、指を抜いてほしくなる。

だからといって、そんなこと言えない。

遊び慣れた女を演じなきゃいけないのだから。

「これ、好き?」

ファビオが指を速めた。ぬちゅん、ぬちゅん、と音も激しくなる。

「んんんっ…んっ…!」

ラウラはぎゅっと手を握り込んだ。やめて、と頼んでしまいそうになるのを、どうにかこらえる。

「ラウラ?」

「…も…入れて…?」

ラウラは最終手段に出ることにした。

こうなったら、さっさと入れてもらおう。そうすれば、処女をファビオにもらってもらえる。そのあとなら、ばれたところでかまわない。

「ぼくが欲しいの？」

「欲しい…わっ…」

やだ…まだ指を動かしてる…。どうしよう…。本当に変な感覚…。

「濡れ濡れだもんね。でも、だめ」

「え…！」

ラウラは思わず、ファビオを見上げた。

「切なそうな顔してるね。ホントに欲しいんだ？」

よかった。勝手に誤解をしてくれた。だめ、と言われたことに驚いただけなのに。

「ぼくは、指でちゃんとラウラのいいところをたしかめてからじゃないと入れない。どこか教えてくれる？」

いいところって何？　そんなのあるの？　指が動くたびに小さく叫びそうになるのに？

膣の中に気持ちいいところなんてありそうもない。

「自分で探したほうが…楽しいわよ…？」

その場所をラウラが知っているなら、すぐに教えたかった。そこを指でたしかめて、満足したら入れてほしかった。

とにかく早く処女じゃなくなりたい。

でも、そのためにはどうすればいいのか、経験がなくてわからない。ファビオにまかせるしかないのだ。

「そうだね。中を指でじっくり探るのも楽しそうだし」

ファビオの指が、ぐっ、と奥に進められた。ラウラの体がのけぞる。

「奥が好き?」

ちがう。圧迫感が大きくなっただけ。

そんなこと言えない。

「このあたりだと思うんだよね」

ファビオの指が膣壁を、ぐいっ、ぐいっ、と押した。

「ひっ…ぃ…ん…」

ぞわぞわとしたものが背筋を這《は》い上がる。決して気持ちのいいものではない。さっきの快感とはまったくちがう。

どうしよう。性交渉ってもっと簡単なものだと思ってた。痛いわよ、と釘《くぎ》を刺されても、それが一瞬で終わるものだと。

だって、本の中では、女性はみんな、ベッドに押し倒されるだけなんだもの!

なのに、膣の中に指を入れられるだけでも、もうすでに耐えられないほどの時間が過ぎている。このあとのことを考えると、すごく怖い。

「ここかな？」

ぐいっ、とまた別の場所を押されて、ラウラは手のひらに爪を立てた。そうでもしないと悲鳴がこぼれそうで。

「ちがうんだね。じゃあ、ここ？」

ぐいぐいっ。

やだ…もう…無理…。変な感じが強すぎて、わたし、初めてなの！　って叫んでしまうかもしれない。

我慢しなきゃ。耐えなきゃ。

ぐいっ。

「んー、こっちかな」

「いやぁぁぁん…っ…！」

まるで雷が落ちたかのような強い衝動を感じた。びりびりびりっ、とそこから快感が全身に広がっていく。

「あ、ここか。よかった、見つかって」

ファビオはにっこりと笑った。その笑顔がぼやけて見える。

え…わたし、どうしたの…？

「気持ちよくて泣いちゃったんだ？　ラウラは本当に感じやすいんだね」

「嘘…よ…」

ラウラはそっと目元をぬぐった。たしかに、少し濡れている。

「いままで泣いたことはないの？」

「…ええ…ないわ」

泣くどころか経験がないんだもの。

「へえ、じゃあ、ぼくが初めてラウラを泣かせたんだ。それは光栄だね。もしかして、こういうこともしてもらってない？」

「…過去を詮索するのは、よくないと思うの」

ラウラはそっと目をそらせた。さすがに、ここまで嘘をついていると、ファビオの顔をまっすぐに見られない。

「そうだね。ラウラがいま気持ちよければ、それでいいね」

ぐりっ。

さっきより強く感じる部分をこすられて、ラウラの体が大きく跳ねた。

「はぁん…そこっ…いいのぉ…」

そんな言葉も自然に出てくる。

さっきまで、指を抜いてほしくてしょうがなかったのに。気持ちいいところを発見されて緊張がとけたのか、ファビオの指の違和感がなくなった。それどころか、さっきみたいに動かされたらどうなるんだろう、と楽しみでもある。

「ラウラ、またいっぱい濡れ出したよ。愛液があふれてる」

「やっ…恥ずかしこと…言わないでぇ…」

やっぱり、さっきまでは出てなかったのか、と思うと、体は正直なんだな、とちょっと感心してしまった。

気持ちよければ濡れる。そうじゃなければ濡れない。

とてもシンプル。

「ここをいっぱいこすってあげるね」

ファビオの指がラウラの感じる部分を指の腹でこすりあげた。

「あぁぁっ…それ…いいっ…」

強くされるよりは、やさしくされたほうが感じる。

「じゃあ、これは？」

トン、トン、とリズミカルに押されて、ラウラの膣が、びくびくっ、と震えた。

「んっ…それもいいわっ…」

どうして、ある一部分だけが感じるのかはわからないけれど、そこに触れられると、さっきまでの圧迫感や違和感が消えていく。膣の中だけでなく、ラウラの全身も、そして心までもリラックスしているような感覚がある。

みんな、これを求めて、他人と体を重ねるのだろう。

「膣もひくついてきたね。ラウラがちゃんと感じてるのが嬉しいよ」

「…さっきまでも…別に…感じてなかったわけじゃ…ないわよ…？」

ばれてるのだろうか。

それがすごく気にかかる。

処女ならやめよう。

そう言われないためにも、がんばらないと。

「そうかな？　ぼくにはとてもそう思えなかった。だから、これまで、ちゃんと感じさせてもらってないんだろうな、って。さっさと入れたい、って気持ちはわからなくもないんだけど、相手がかわいそうだよね。ぼくが丁寧に愛撫をしてあげると、こんなに気持ちいいものだったのね、ってうっとりしてくれる女性も多いんだよ」

「わかるわ…」

だって、初めてのわたしですら、気持ちいいと思うもの。

そして、もうひとつわかったこと。

経験はあっても感じたことがない、というふりをすればいいのか。これまでは我慢して、痛みに耐えながら男性の相手をしてきた、と。

うん、それならできる。

「ラウラにも、ちゃんと気持ちよくなってほしいよ。だから、性急にことを進めたりしない。じっくり、ラウラの体と相談しながらやっていくね」

…いや、やめて。むしろ、性急に終わらせて。

言えない言葉はのみ込むしかない。

体と相談されたら、どこかの時点で処女だとばれてしまいそう。そうならないためには…どうしたらいい？

どう考えても無理かもしれない。

でも、ファビオに抱かれたい。

ラウラの顔じゃなくて中身を評価してくれた人なんていなかったから。

すごく本を読んでるね。ラウラとは趣味が合うよ。え、それも読んでるの？　ぼくはこう思うんだけど、へえ、ラウラはそうなんだ。意見の相違もおもしろいものだよ。どんどん議論しよう。

そんな会話をだれかとできるなんて思ってもみなかった。

楽しくて、時間を忘れて、もっと一緒にいたくて。

そして、いま、こんなことになっている。

それは、ラウラが望んだから。

処女を捧げるならファビオがいい、と。

この人に抱かれたい、と。

「指を増やすね」

「え…」

ラウラは顔を曇らせた。さっきまでの圧迫感は消えたとはいえ、指を増やされたら、また戻ってきそうだ。

「大丈夫。気持ちよくしてあげるから」

ファビオの指がもう一本入ってくる。

「んっ…」

さっきより濡れてるからか、今度もすんなり指をのみ込んだ。だけど、危惧したとおり、中に何か入っている感覚が強くなっている。

さっきまでのような違和感はないけれど、だからといって、気持ちよくもない。

ふりだしに戻った感じ。

「いいね。ラウラの中、いっぱい濡れてる。ぬちゅぬちゅしてるから、指もするする入っちゃう。濡れやすい子は好きだよ」

好き。

その言葉に、どくん、と心臓が跳ねた。

そういう意味で言ったんじゃないとはわかっている。それでも、ファビオに好きと言われたことが嬉しい。

どうしてだろう。

自分の気持ちなのに、ずっと理解できないままだ。

「二本の指でこすってあげるね」

ファビオの指が感じる部分を二本でぐっと押さえた。それだけで、ラウラの体が大きくのけぞる。

「あぁぁぁっ……！」

「こうやってね」

上から下へ。下から上へ。二本の指が感じるところを交互になぞった。

「はぅ…っ…ん…だめっ…あっ…やぁっ……！」

びくびくっ、と体が震える。膣ももしかしたら震えているかもしれない。

「もうちょっと速くしよう」

ファビオの指がひっきりなしにその場所に当たっている。どっちの指なのか、本当に二本あるのかすらもわからない。

「あっ…あぁぁっ…やぁん…ひ…ぃん…」

強い快感が体中を駆け巡った。

…この感覚を知っている。

「イッていいよ？」

ぐりぐり、と強くこすられた瞬間。

「いやぁぁぁぁっ……！」

ラウラは二度目の絶頂を迎えた。

びくびくびくっ、と震えているのは体だろうか。それとも膣の中？

「中でイけるんだね。よかった」

ファビオは指を引き抜く。

「見て」

その指をラウラの目の前に持ってきた。指の先から、透明な液体が、とろり、とこぼれる。

「やっ……！」

ラウラは恥ずかしさに真っ赤になった。

これが…わたしの愛液。あんなに量が多いんだ。

わたし…そんなに感じてるのね…。

「これだけ濡れてると、ぼくのも楽に入りそう。ラウラの膣の中がずっと、びくん、びくん、ってしてるから、早く入れたくてたまらなかったよ」

ああ、ようやく、とラウラは思った。

ようやく、処女じゃなくなる。

「わたしも…早く入れてほしかった…」

「かわいい」

ちゅっとキスされると、やっぱり、ほんわかした気分になる。

「じゃあ、入れるね」

そう言われて、ようやくラウラはファビオのペニスを見た。

そのあまりの衝撃的な形と大きさに、ひっ、と息をのむ。

ペニスって…あんなになってるの？　そして、指よりもはるかに太いあれが、中に入ってくるの？

わたし…大丈夫…？

「どうしたの？」

「おっきい…」

思わず、そうつぶやいてしまっていた。そこで、はっと口を押さえる。

もし、ファビオのペニスが平均的な大きさなら、経験がないのがばれちゃう！

「うん。ちょっと大きいんだよね。だから、いっぱい濡らして、気持ちよくしてあげないと、痛いかもしれない。ぼくも苦労してるんだよ」

ファビオはいたずらっぽく笑った。

よかった。どうやら、普通よりも大きいらしい。

「ラウラは大きいほうが好き？」

「普通が…いいと思うの…」

なんでも普通がいい。

美人じゃなくて普通がよかった。

いまさらどうにもならないことなんだけど。

「そうなんだよね。小さいほうが楽、って言う子もいたし。大きくても、あんまりいいことがないよ」

「それは…大変ね」

大きいなりに悩みもあるのか。

「本当に大変。ゆっくり入れるから、ラウラも心配しないで」

「うん…」

うなずいてはみたものの、ファビオのペニスから目が離せない。

あれが入るの…？　本当に…？

「じゃあ、いくよ？」

ファビオのペニスの先端が蜜口に当てられた。

熱い。

最初に感じたのはそれ。

普通に当ててるだけなのに、先端部分はなぜかちょっと動いているし、すごく熱い。ここもまた体の一部なんだと、その熱で思い知る。

「ゆっくりね」

ぐちゅり、と音をさせながら、ペニスの先端が入ってきた。

無理無理無理無理無理無理！

頭の中は、その言葉でいっぱいになっている。

みしっ、とか、めりっ、とか、そんな音がつきそうなぐらい、蜜口が最大限に開かれていた。それなのに、まだ一番太いところは入ってきていない。

痛い、とか、そんな問題じゃない！

裂けそう！

「んっ…んんっ…！」

ラウラは手のひらにまた爪を立てた。さっきよりも強く、血がにじむぐらいに。

こっちの痛みで、気を紛らわせられたらいいのに。

「ラウラ、体の力抜いて？　いつもより、ちょっと太いだけだから。緊張すると痛いよ？」

ラウラは、ふううう、と大きく息を吐いてみた。少し蜜口がゆるんだのか、裂けそうな感覚はなくなる。

ずぶっ、とまたペニスが入ってきた。

「んんんっ……！」

ぎゅっと唇を噛んで、手のひらに爪を立てつづけても、悲鳴がこぼれそうになる。

「太いとこ……入った……？」

気になってしょうがないことを聞いてみることにした。しゃべっていたら、さすがに悲鳴は出せない。

「うん、どうにかね。ごめんね、ぼくの大きくて」

よかった……最難関は通過したのね……。これで、あとはたぶん平気。

「でも、この太さが助けになるから」

全然！　まったく！　助けどころか痛いわよっ！

そう叫べたら楽なのに。

ラウラは初めて痛みを感じていた。母親の、痛いのよ、が真実だったとわかる。

みんな、この痛みを経験しているの？　それでも、性行為をつづけて、子供を産むの？

だとしたら、結婚している女性を尊敬する。

だって、こんな痛いこと二度としたくない！　よかった。わたしは結婚もしないし、ファビオと一度だけしたらおしまいで。

ラウラが必死に痛みと闘っている間にもファビオのペニスはどんどん入ってきた。

痛い、痛い、痛いーっ！

そう心の中で叫びつづけていたら、ごりっ、と太い部分が膣のとある部分をこすった。

「はぁぁぁん…っ…！」

ラウラの唇から自然と甘い声がこぼれる。

…え、いまの何？

「ようやく届いた？」

あ、さっきの感じるところ。そこに太い部分が当たっているんだわ。

「ここでちょっと動かすね」

ファビオが腰を小刻みに揺らした。ラウラの感じる箇所を、ファビオのペニスが的確に刺激する。

「あっ…あっ…やぁん…何…これ…っ…！」

ラウラの体が自然とのけぞった。

「いい仕事するでしょ」

ぐりぐりぐり、とペニスがその部分を何度も往復する。

「はぁん…やっ…あぁっ…いいっ…！」

痛みはいつの間にか消えていた。どうやら、快感が勝ったようだ。

「いいの？」

指よりもペニスでこすられたほうが感じている。どうしてだろう。本当にわからないことばかりだ。

「よかった。ラウラも感じてくれないと意味がないからね」

ファビオがそこで何度もペニスを往復させた。

「ひゃぁ…ん…あふっ…ふぇ…っ…」

これまで出たことのないようなあえぎもこぼれる。

「気持ちいい？」

「気持ちいいっ…のぉ…」

ラウラの全身がびりびりと痺れていた。

「じゃあ、もっと奥に入れるね。奥も気持ちいいから」

「…ホン…」

ホント？　と聞きかけて、慌ててやめる。そんなこと聞いたら、初めてだってばれる！

「どうかした？」

「…え？　わたし…何か言った…？」

ここはとぼけるしかない。

「あ、なんでもないんだね。じゃあ、いくよ」

ずずずっ。

ファビオのペニスが奥へ奥へと進んだ。こんなにも膣には奥行きがあるのか、とラウラ自身がびっくりする。

痛みはもうない。だからといって、気持ちよさもない。感じる部分から太い箇所が離れてしまって、たまにペニスが当たっても、さっきほどの快感はなかった。

でも、痛くないだけいい。

「全部入ったよ」

ファビオがラウラにキスをしながら、そうささやいたときには、二人とも全身にうっすら汗をかいていた。

「そう…ね…」

よかった。これでおしまい。

わたしは無事に処女じゃなくなったし、痛みもなかったし、ちょっとは気持ちよかったし、楽な性交渉だった。

本当によかったわ。

「動くよ?」

動く? どういうこと?

ずん!

ファビオのペニスがラウラの奥を突いた。

「やぁぁぁぁっ……！」

ラウラの体が大きく跳ねる。

「どう？　気持ちいい？」

「気持ちいいっ……！」

そう言わなきゃいけないからじゃなくて、本当に気持ちいい。

どうして？　奥にもいいところがあるの？

「もっとしてあげる」

ずん、ずん、とペニスの先端で最奥を何度も突かれた。そのたびに、体が浮いては沈む。

「あっ…あっ…あっ…」

悲鳴のようなあえぎがこぼれた。

「ちょっと大きく動いてみるね」

ファビオがペニスを半分ほど抜いてから、一気に突き入れる。

「ひぃ…ん…！　だめぇ…っ…！」

「だめなの？」

「だめなのぉ…！」

気持ちよすぎて、だめ。

あんなに最初は痛かったのに。その痛みを思い出せないどころか、つぎつぎと快感が湧いてくる。

どうして？

わたしの体、どうなっちゃってるの？

「そうか。足りなかったね」

ずるり、と蜜口まで抜かれた。

「ここからならいいかな？」

またさっきみたいに突き上げられるのかと思うと、体が、ぶるり、と震える。

どんな感覚が生まれるのか、それを知りたいけど知りたくない。

楽しみで怖い。

相反する感情。

「いくよ？」

ずぶずぶずぶっ、と音をさせながら、ファビオのペニスが急激に奥まで埋め込まれた。

「あぁあっ…あっ…あっ…あっ…あぁぁぁぁぁぁっ…！」

ラウラの膣が、びくびくびくっ、と震えるのがわかる。

…それだけじゃない。

わたし…またイッた…。

クリトリスのときとも指のときともちがう、なんの予兆もない激しい絶頂。いまも全身が、びくっ、びくっ、と小さく跳ねている。

「やらしい子だね」

ファビオは満足そうだ。

「こんなラウラ、ぼくしか知らないのか」

「そんなことっ…ないわ…」

「ラウラ、これまでセックスで気持ちよくなったことないでしょ。ぼくが入れるとき、緊張してたもん」

それは初めてだから。

「それなのに、ぼくとして三回もイッて。これから先、ぼく以上に満足させてくれる相手に出会えるかな？」

「…わからないわ。夫になる人が上手かもしれない」

そんな人、いないけど。

「結婚やめちゃえば？」

ファビオがラウラをのぞき込んだ。冗談かと思ったら、真剣な表情をしている。

「ぼくのものになりなよ」

「ファビオは…だれかと真面目におつきあいする気がないんでしょ…？」

そんなことを言っていた。だから、ファビオがいいと思ったのもある。

後腐れのない関係。

それがいい、と。

「ラウラを手放したくないな」

きゅん、と胸がうずいた。

なんだろう、この感情。ファビオにこういったことを言われるたびに嬉しくなる。

「まあ、でも、その交渉をする前に、ぼくも出そう。動くね」

「え…！」

「大丈夫。ラウラの膣のひくつきが気持ちよくて、もうもたない。何回かこすったらおしまいだから」

その言葉どおり、ファビオはラウラの奥を何度か突いただけで、うっ、と小さくうめいて、ペニスを抜いた。その先端から、勢いよく白濁した液体がこぼれる。

ぼとぼと、とラウラのおなかに落ちたそれは、白い花のようだ。

「中に出してもよかったな」

「だめよっ…！」

中に出したら妊娠するかもしれない。

そういうことも、ちゃんとわかっている。

「冗談だって。さすがにそんなひどいことはしない。さて、ラウラ」

「…何？」

「処女なのに遊んでるふりをしたのはどうしてか教えて？」

ラウラは大きく目を開いた。

「何を…」

「途中で気づいた。この子はなんの経験もないんだって。だから、怯《おび》えさせて、やめて、って言わせようとしたのに、結局、ぼくもはまって、最後までしちゃった。でも、ごめんね、後悔はしてないんだ」

そのやさしい微笑みに、ラウラは泣きそうになる。

よかった。処女なのによくもだましたね、と怒られなくて。

後悔してないって言ってもらえて。

「わたしも…よ…。ごめんなさい、嘘をついて。許してくれなくてもいいけど…許してもらえたら嬉しい」

「ぼくが許すとか許さないの問題じゃなくない？」

ファビオは首をかしげた。

「ラウラは、ぼくなんかに処女を捧げてよかったの？」

「ファビオがよかったの」

ラウラはじっとファビオを見る。

本気なのだと伝わればいい。

「理由を教えて？」

「…聞いてもおもしろくないと思う」

「それは、ぼくが判断することだよ。言ってごらん？」

ファビオの言葉がやさしい。涙がこぼれそうになる。

この人を信じたい。

そう思った。

だから、話そう。

ここに来ることになった事情を全部。

第四章

おまえの婚約者だ。

家庭教師の先生と涙のお別れをした翌日、両親に連れてこられたお屋敷の古ぼけた客間で、父親にそう紹介されたのがダヴィデ・ブルーナだった。ほんわかした雰囲気と、やわらかな笑顔。茶色い髪と茶色い目が、やさしげな印象を与える。すごくかっこいいわけでもないけれど、人がよさそうで好感が持てた。

この人ならいいかも。

そう思った。

ブルーナ家は古くからつづく家柄で、社会的地位がかなり高い。国王の晩餐会《ばんさんかい》にも招待されるほどだ。昔は資産家だったものの、代々の当主が資産を食いつぶしているせいで、近いうちにお金に困るようになるのでは、と噂されていた。

他人の不幸話は広まるのが本当に速い。

地位は高いけれどお金がないというのは、結婚相手の条件としては微妙だ。いや、はっきり言ってしまおう。これからも資産が減っていくばかりで、最終的に没落するにちがいないところにお嫁にいきたくはない。

そんなことは両親だってよくわかっている。それなのにラウラをブルーナ家に嫁入りさせるのは、この縁談によってピコット家の格が上がるからだ。息子に当主を譲る前に少しでも地位を上げておきたい父親にとっては、かなりいい条件に思えたのだろう。あまり野心のない父親が、この結婚をもっとも強く後押ししていた。

息子には自分よりもいい環境を。

そう考えるのは親として当たり前のこと。

ブルーナ家だって、地位が釣り合っていないピコット家と縁を結ぶには、それなりの魂胆がある。上流階級の結婚で、どちらかだけが得をするなんてありえない。ブルーナ家の目的は、ただひとつ。

お金だ。

奇《く》しくも、ピコット家と婚姻関係を結ぶことによって、お金がないのでは、という噂を裏付ける形になってしまった。それほどまでに、なりふりかまっていられないのだろうか。

ますます、ラウラは不安になる。

それでも、ラウラに反対する権利はない。

ピコット家は持参金という形でまとまったお金をブルーナ家に渡すこと。ブルーナ家はピコット家が国王の晩餐会にかならず出席できるように取り計らうこと。

その条件でおたがいが納得した結果、婚約を前提にした本日の顔合わせとなったのだ。

ラウラの意思なんてどこにも入っていない。当然、ダヴィデもだろう。

だって、これはラウラとダヴィデの結婚じゃない。

ピコット家とブルーナ家の縁組なのだ。

それでも、結婚するからには好感が持てる人がいい。ダヴィデは年齢がふたつ上とラウラとそんなに変わらないので（十歳以上離れた縁談もよくある）、話も合うかもしれない。

話をしないとわからないけど。

そして、顔合わせだというのに、ダヴィデの声すら聞いていないけれど。

ラウラだって、ひとことも発言していない。娘のラウラです、と父親に紹介されて、スカートをつまんでかがむあいさつをしただけだ。

この部屋の中でしゃべっていたのは、ラウラの母親だけだった。それも、この場にいるだれもが（しゃべっている母親も含めて）興味ないだろう天気の話。最近、ようやく温かくなりましたわね、なんて言われても、ええ、本当に、以外の反応のしようがない。

母親ののんびりした話し声だけが響く部屋。ラウラも助け船を出したかったけれど、絶対にしゃべったらだめ、とここに来る前に釘を刺されていたので黙っているしかなかった。

「それでは、今日はこれで」

ダヴィデの母親がそう切り出した瞬間、安堵のため息をつきそうになったのをどうにかこらえた。永遠にも思えるような長い長い時間だったのに、ほんの五分ぐらいしかたってないと知ったときには驚いたものだ。

お茶も出してもらっていない。本当に顔を合わせるだけ。

たったこれだけのためにわざわざラウラたちが出向かされたのは、ブルーナ家のほうが権力を持っているということを思い知らせるためだ。その証拠に、ラウラのところは両親ともそろっているのに、ダヴィデの父親は不在だった。こんな顔合わせに参加する価値もない、と暗に伝えたいのだろう。ダヴィデの母親は笑顔すら浮かべなかった。

こんなに居心地の悪い五分間は、生涯で初めてだ。

そんな中、ダヴィデはにこにこしながら、ラウラの母親の話にうなずいてくれていた。ダヴィデもラウラとおなじく、しゃべったらだめ、と言われているのか、声は発してなかったけれど、ちゃんと話を聞いてくれているかがわかるだけで、なんだかほっとする。ラウラはその様子に好感を抱いた。

穏やかそうな見かけと、やさしそうな雰囲気。

それは、ラウラが結婚相手に望んでいたものだ。

十八歳になったら、だれかと結婚しなければならない。

それは当然、理解している。

その相手を自分で決めることはできない。

それもわかっている。

ただ、やさしい人だったらいいな、と思った。意地悪をしない人。ひどいことを言わない人。わたしを傷つけない人。

ダヴィデはその条件を満たしているように見える。

だったら、この人がいい。

「お見送りは省略させていただきますね」

ダヴィデをじっと観察していたら、ダヴィデの母親の声が響いた。

いつまでいるの？　早く出て行きなさい。あ、そうそう、あなたたちを見送るつもりはないわよ。だって、そんな価値ないでしょ？

そんな真意が透けて見える。

ダヴィデはいい人そうだと思ったけど、ダヴィデの母親は、そのときのたった五分できらいになった。その後もずっときらいで、いまもきらいなままだ。

「これからよろしくお願いします」

母親が頭を下げるのに合わせて、父親と二人でおじぎをした。したくなくてもしなきゃいけない。そういうことはいくらでもある。

ダヴィデもダヴィデの母親も頭なんて下げなかった。こちらこそ、よろしくお願いします、とダヴィデの母親がまったく感情のこもってない声で言うだけ。

この結婚は本意じゃないのよ。

そう言われているようで、いやな気分になる。だけど、しょうがない。国王の晩餐会に招待されるほどの地位の人は、自尊心が高くて当然だ。

もう一度頭を下げて、ラウラたちはそそくさとブルーナ家をあとにした。

「次男でよかったわね」

帰りの車の中で、母親がぼそりとつぶやいた。そのあと、はあ、と疲れたようなため息をつく。

「次男なの？」

それすらも知らなかった。

「跡継ぎの長男と結婚させてもらえるわけがないでしょう」

なるほど、それもそうか。あの母親の見下した感じからして、ラウラの持参金がなければ、こんな下々のものと関わらずにすんだのに、と思っているのがよくわかる。それほど、露骨な態度だった。

「次男だと何がいいの？」

「家を継がないから、いろんなしきたりを覚えたり、あの母親にひどく意地悪なことをされたりしなくてすむわよ」

「なるほど」

たしかにそうだ。長男のお嫁さんは覚えることがたくさんあるけれど、次男のお嫁さんなら気楽に過ごせる。

「ところで、わたしはあのお屋敷に住むの？」

古いまま、まったく手が入っていない不便そうなお屋敷。今日は応接間以外、見せてもらえなかったので、どこにどんな部屋があるのかもわからない。

図書室はあるかしら。蔵書はどのぐらいだろう。

ラウラが気にかかるのは、それだけ。

「そういったことも、何にも話し合ってないの。普通は婚約から半年で結婚するんだけど、どうも、それも延びそうな感じ」

「どうして？」

「わからないわ。すべて、向こうから伝達がきて、こっちが従う立場だもの」

そこまで立場がちがうのか、とちょっと驚いた。

普段、パーティーなどで顔を合わせる人たちは、みんな、ある程度、社会的地位が高い。その中でもピコット家は立場が上のほうだ。トップなのかもしれないけれど、そのあたりは、ラウラもよくわかっていない。うちが一番えらいの？　と聞くのははしたない気がするし、正直、知りたいとも思わない。

でも、ピコット家の地位が高くなければ、ラウラが、権力者の娘だからってきどってる、とか、家の格をかさにきてお高くとまってる、といった評判を立てられることもなかっただろう。

なのに、ブルーナ家にはまったく太刀打ちできないのだ。

呼ばれれば両親とともに出向く。向こうが何もしゃべらなかったら、母親がどうにかその場を盛り上げる。結婚してからどうするのか、そういった詳細も教えてもらえない。結婚式の日取りすら決まっていない。

完全に格下扱いされている。

そんなところにお嫁にいくのか、とラウラはぼんやり思う。母親のようにため息をつきそうになるけれど、ぐっとこらえた。

ため息をついたところで、なんの解決にもならない。ダヴィデはいい人そうだった。ラウラの両親のように、いい夫婦になれるかもしれない。

その希望は捨てずにいよう。

「お嫁にいく日が延びるのなら、おうちにいられる時間も長くなるわよね。わたしはそれが嬉しいわ」

ラウラはにこっと笑いながら、そう告げた。

「ラウラはいつもポジティブな面を探すのね。そういうところ、とても素敵よ」

母親も笑顔を返してくれる。

こうやって、ちゃんと中身を誉められると嬉しい。

そういえば、ダヴィデは、美人だね、って言わなかった。何にもしゃべってないから当たり前なんだけど、それでも、ラウラだけに聞こえるように、こっそり耳元でささやく男性はたくさんいた。

ダヴィデはそれをしなかった。ラウラを美人だと誉めなかった。

それだけでも、ダヴィデがいい人に思えてくる。

「顔合わせは終わったんだし、婚約は決定したんだから、あとはなるようにしかならないわ。心配ないわよ」

なぜか、ラウラが母親を慰めている。

そう、なるようにしかならなかった。

望むと望まざるに拘《かか》わらず。

ラウラが一人でブルーナ家に呼び出されたのは、それからちょうど一週間後だった。

いやだな、と、まず思った。

ダヴィデには悪い感情を抱いてはいないし、結婚するんだから、もっと人となりを知りたいとは思う。

でも、他人をバカにすることに慣れているダヴィデの母親とは、なるべく距離を置いていたい。理想としては、結婚式の日だけ会って、結婚したら別々の場所に住んで、年に一度、クリスマスに顔を合わせるぐらいがいい。

たった一度しか会っていないのに、そこまで避けたくなるほど苦手だ。

だからといって、行きません、と断ることはできない。しょうがないから、何もしゃべらずにおとなしくしておこう。

そこまで覚悟してブルーナ家に出向いたのに、迎えてくれたのはダヴィデ一人だけだった。

ラウラはすごくほっとする。

「いらっしゃい」

ダヴィデはにっこり笑って、そう告げた。ダヴィデの声を初めて聞いたけど、やわらかくていい感じだ。ダヴィデの笑顔もほんわかしていて、こっちもにこってしたくなる。

うん、この人ならいいかもしれない。

初対面のときとおなじ印象を抱く。

ダヴィデとなら、幸せな家庭を築ける気がする。

「ぼくの婚約が決まったから、幼なじみがお祝いに駆けつけてくれてね。ラウラにどうしても会いたい、会ってあいさつがしたい、って言うから来てもらったんだよ」

「そうなんですか」

ラウラはダヴィデのようなくだけたしゃべり方ができない。だって、これが初めての会話なんだもの。すぐに普通に、なんて、ラウラのような人見知りには無理。

また知らない人に会う不安から、用件も言わずに呼び出すのはちょっと失礼じゃないかしら、という、マイナスの感情が浮かんでくる。

でも、生まれたときから、自分の家に人が来てくれて当たり前、という環境で育ったのなら、しょうがないのかもしれない。ダヴィデも悪気はなさそうだし。

婚約者なんだから、そんなことできらいになりたくない。なるべく、いい面だけを見ることにしよう。

「こっちへどうぞ」

この前とは反対側へダヴィデは歩いていく。ダヴィデが入っていったのはリビングルーム。どうしてこんなに？　と思うぐらいに、とにかく広い。いろんなところにソファセットが置いてあり、彫刻などのアート類も無数に並んでいる。暖炉の上の壁には、代々の当主らしき肖像画がずらりと並んでいた。

趣味が悪い。

ラウラは心の中で、こっそりと思う。

前回はうまく表現できなかったもやもやが、すとん、ときれいに収まった。

この家、全体的に趣味が悪いんだわ。

ラウラの家は、この半分ぐらいの広さではあるけれど、どの部屋もすっきりと片づいている。父親が家を継いだとたん、母親が、本当に気に入ったものしか置きたくない、と、大きな倉庫を庭の隅に立てて、いらないものをそこに全部しまったからだ。

なので、ピコット家は全体的にとてもシンプルで、すごく居心地がいい。

それに慣れているから、こういったゴチャゴチャした部屋はどうも落ち着かない。

「あら、こんにちは」

ソファに座っていた女性が立ち上がった。ラウラはぎょっとする。

人形だと思っていたのだ。それも、等身大のフランス人形。

「あなたがダヴィデの婚約者ね。わたし、シア・キャンティよ。ダヴィデの幼なじみ」

シアが手を差し出しながら近づいてきた。

丁寧にカールされた髪は金色に光って、シアが歩くたびにふわふわ揺れる。目は碧色《あお》で、まつげがすごく長い。そのまつげは、ふわり、ときれいに曲線を描いている。まばたきしたら小さな風が起きそうだ。

驚いたのが目の大きさだ。顔の半分ぐらいあるんじゃないかと思う。こんなに目がぱっちりした子を初めて見た。鼻が小ぶりで、唇が少し小さめなのも、目の大きさを際立たせている。

「はじめまして」

ラウラは人見知り特有のぎこちない笑顔を作って、シアの手を握り返した。ほんわり温かで、手もすごく小さい。

かわいい、という言葉は、こういう子のためにあるんだろうな。

「ダヴィデ、お茶を用意してきて」

「わかった」

ダヴィデは特に異論を唱えることなく、リビングを出て行った。ラウラはびっくりして目を見開く。

男性にお茶を用意させるなんて考えられない。

「ここに座りましょう」

シアは気にしたふうもなく、さっきとはちがう大きめのソファセットに移動した。趣味の悪い派手な花柄のソファ。

わたしなら、家の倉庫の奥深くにしまうわ。

「ラウラ・ピコットね」

「はい。今後はよろしくおね…」

あいさつは途中でさえぎられる。

「婚約を破棄して」

笑顔でシアが言うから、最初はまったく理解ができなかった。

この人は、いったい、何を言ってるの？

ラウラはぼうぜんとシアを見つめ返す。

「キャンティ家って知ってる？」

「いえ……」

正直なところ、ブルーナ家に関しても詳しいとは言えない。名前を聞いたことはあったし、お金がないらしい、という一番どうでもいい情報は知っていたけれど、婚約することになって、慌てていろいろ教えてもらったぐらいだ。

ブルーナ家とおなじぐらいの上流階級の人たちのことも、まったく知らない。

「あら、知らないの？」

「すみません……」

ダヴィデと幼なじみなのだから、いい家柄なのはまちがいない。もうちょっと、パーティーでゴシップを聞いておけばよかった。

「ブルーナ家よりも少し格は落ちるけど、うちも国王様の晩餐会のリストには入っているのよ」

「そうなんですか」

それがどうしたんだろう、としか思わないので、反応も薄くなる。

そもそも、国王の晩餐会に参加したいのはわたしじゃない。父親だ。それも、息子が継ぐときに家の格が上がっていたほうがいいだろう、と思ってのこと。父親本人が地位や名誉を欲しているわけじゃない。

ラウラだって、弟はかわいい。弟がえらくなって、みんなから尊敬されればいいな、と心から願っている。

妹たちと弟は、ラウラのようにだれかの標的にされることもなく、全員、ちゃんと学校に通い、友達もたくさんいる。

そんな三人がとても誇らしい。

ラウラがブルーナ家に嫁入りすることで、弟の地位が上がって、弟の人生がもっと楽しいものになるのなら、すごく喜ばしい。

妹たちはラウラとおなじくお嫁にいく身なので、そんなに心配はしていない。あと何年かすれば、ラウラのように、会ったこともない人と婚約することになる。ラウラにできるのは、その相手がいい人でありますように、と願うことだけだ。

「なので、ダヴィデの奥さんには、あなたよりわたしのほうがふさわしいのよ」

そうだろうな、とラウラも思う。

おなじぐらいの地位で、昔からの顔なじみで、おたがいに好意を持っている。そういう人たちが結婚したほうがいい。

だけど。

「わたしに言われても困ります」

ラウラは本当に困りながら、小さくつぶやいた。

だって、わたしには何にもできないもの。そういうことは、家同士で話し合ってくれないと。

わたしだって、どうしてもダヴィデと結婚したいわけじゃないし、シアとのこの会話も穏便にすませられるならそうしたい。

でも、そういうわけにはいかない。

結婚相手を決めるのは当事者じゃないからだ。

「どうしても結婚したくない、って言ってくれればいいの」

「どうしても結婚したくないわけじゃないです」

ダヴィデはいい人そうだ。シアの望むようにダヴィデを断ったとしても、つぎの相手がダヴィデよりもいいかどうかはわからない。まだ正式に婚約発表はしていないから、ラウラから婚約破棄をしたとしても、そういった話は出回らないし、ブルーナ家だって絶対にそんなことは口外しないだろう。

なので、自分から婚約破棄をしたわがままな女と噂されて、ラウラの評判が落ちて、だれとも結婚できなくなるということもない。

…まあ、これまでも十分、悪い評判を立てられてはいるけれど。

だからといって、そんなに簡単に両親が決めてくれた縁談を断りたくはない。

それに、どうして、初対面の人にこんなことを強要されなきゃならないんだろう。

「わたしの一存でどうにかなるものでもありません」

「評判どおり、生意気な女ね」

シアの目つきが鋭くなった。さっきまでのほんわかした雰囲気も消える。

ああ、この人を知っている。

というか、この手の女性をたくさん知っている。

意味もなく、ラウラを目《め》の敵《かたき》にする女たちの一人だ。

「ダヴィデと結婚するのは、わたしなのよ」

「そうなんですか？」

もしかして、婚約者の候補が二人いるってこと？　だから、ダヴィデの母親は、あんなにそっけなかったの？

だったら、他人と争うのは面倒だから、ラウラから降りてもいい。

「ええ、小さいころから決まっているの。わたしとダヴィデはほとんど同時に生まれて、小さいころから交流もあったの。ずっと仲がよくて、あなたたちを結婚させましょう、って言われて育ってきたのよ」

「それは…知りませんでした」

だとしたら、別の婚約者がいる、と知って驚くのはわかる。婚約してすぐにラウラを呼びだしたのは、さっさと婚約破棄したほうがおたがいの傷が浅くてすむ、と思ってのことだろう。

「でしたら、わたしは、ダヴィデのことは何も知らないも同然ですので、身を引かせていただきます」

シアの表情が少しゆるんだ。にらむような目つきも元に戻る。

「あら、物分かりがいいじゃない。冷酷な女だって聞いてたけど、噂なんてあんまりアテにならないものね」

ラウラの悪評はシアにまで届いているのか。ということは、ダヴィデも知っているかもしれない。

だったら、ますます、身を引いたほうがよさそうだ。

「それでは、わたしは一度、家に戻って、両親と相談します」

さすがに、ラウラが勝手に婚約破棄をするわけにはいかない。両親に詳しい事情を聞いてみなければ。もしかしたら、ブルーナ家が二人の婚約者候補に争わせて、持参金を釣り上げようとしているのかもしれない。

大人の世界には、大人にしか解決できない問題がある。ここでラウラが下手なことを言わないほうがいい。

そのぐらいのことは常識として知っている。

「だめよっ！」

シアが慌てたように、そう言い出した。

「ダヴィデに言ってくれればいいの！　あなたとは結婚できない、って！」

「…どういうことですか？」

そんなことしたら、ますます大変なことになるだけだと思うんだけど。

「シアと結婚したほうが幸せになれる、って。そう説得してちょうだい！」

「ええ、幸せになれると思いますよ」

それはラウラの本心だ。ラウラはダヴィデのことを、いい人そうだな、としか思っていない。

シアは、きっと、ダヴィデのことが本当に好きなのだ。

だったら、ピコット家が正式に辞退したあとで婚約すればいい。

「お待たせ。スコーンを焼いてもらってたら遅くなったよ。ごめんね」

ダヴィデがにこにこしながら近づいてくる。その笑顔がほんわかしていて、やっぱり、いい人そうだな、と思った。

ダヴィデとシアは二人ともほんわかした感じで、かわいらしい夫婦になるだろう。ラウラとだと、気の強いお嫁さんに逆らえない夫、みたいに見られそうだ。

…自分でそんなふうに思うのは悲しいわね。

「はい、どうぞ」

ダヴィデは紅茶を注いでくれた。男性がこういうことを率先してやってくれるのはめずらしい。

ダヴィデとなら穏やかな結婚生活を送れそうだ、とまた考える。

でも、結婚相手はわたしじゃない。

だったら、想像してもしょうがない。

「よかった。二人が仲良くしてくれて。ぼくがラウラと結婚しても、シアともいままでどおりの関係でいたいからね。ラウラが変な誤解をしないですむように、シアのことをちゃんと紹介したかったんだ」

……え？　さっきシアから聞いたのと話がちがうんだけど。まるで、わたしと結婚することが決まっている感じじゃない？

「さっきも言ったけど、シアとは幼なじみで、小さいころからずっと兄妹みたいに過ごしてきたんだよ。ぼくのほうが三ヶ月ほど早く生まれたからお兄さん。シアが妹。だよね？」

「妹じゃないわよ」

シアがすねたようにつぶやいた。

「ちゃんと対等に扱ってちょうだい」

「対等ではあるよ。でも、ぼくは、小さいころからずっと、シアのことかわいい妹みたいに思ってるから」

ますます変だわ。いくらなんでも、結婚相手とかわいい妹は両立できない。

「ダヴィデはシアと結婚しないんですか？」

もうこうなったら、率直に聞いてみるほうがいい。一人で考えていたって、答えなんて出てこない。

ラウラがそう聞いた瞬間、向かいに座るシアから鋭い視線が飛んできた。

こういうのには慣れている。どういう感情なのかもわかっている。

シアは怒っているのだ。

でも、どうして？　婚約者候補の一人なのよね？　それをたしかめたいだけなのに、怒られる理由がないわ。

「結婚？　シアと？　するわけがないよ！」

ダヴィデがおかしそうに笑った。それは、これまでシアと結婚するなんて考えたこともなかったみたいな言い方で、ラウラは混乱する。

だったら、シアの言っていた、小さいころから結婚することが決まってる、っていうのは嘘なの？

「どうしてでしょうか。昔からよく知っていて、おなじぐらいの地位だったら、結婚してもおかしくないですよね？」

「シアが一人っ子だからだよ」

ダヴィデが肩をすくめた。

「シアと結婚すると、ぼくがキャンティ家に婿入りしなければならないからね」

なるほど。シアは一人っ子なのね。だとしたら、家の存続のためにお婿さんを迎えるしかない。とはいえ、ダヴィデは次男だから、婿入りしたところでなんの問題もなさそうだけど。

「ブルーナ家の人間が婿入りするだけでも大問題なのに、家の格が下の相手なんて許されるわけがない。ぼくとシアは仲がいいけど、結婚なんてありえないよ。ね、シア？」

「…ええ」

シアがうつむく。

ああ、この子、本当にダヴィデが好きで、ダヴィデのお嫁さんになりたいんだわ。

それが、ひしひしと感じられる。

家の格が下とか、そんなこと言われて悔しくないわけないだろうに。それよりもシアは悲しんでいる。

ひどい、とダヴィデを糾弾するのは簡単だ。だけど、家の格の問題はラウラにはまったくわからない。ダヴィデやシアほどの家柄になると、そういったことは常識で、だから、シアもただ悲しんでいるだけかもしれない。

わたしは、いったい、どうすればいいんだろう。

シアが婚約者候補の一人なら、両親と話し合って辞退しようと考えていた。でも、そうじゃないのなら、ラウラにはなんの決定権もない。勝手に婚約破棄をすることは許されない。

「ごめんなさい」

ラウラはいたたまれなくなって、ソファから立ち上がった。

「別の約束があったことを思い出しました。わたしはこれで失礼させていただきます。お二人でお茶を楽しんでくださいね」

だって、こんな雰囲気の中でお茶を飲んだところで楽しくない。

「ああ、そうなんだ。ごめんね、急に呼び出しちゃって。シアとの顔合わせは終わったから、これで結婚後も安心だね」

何が安心なんだろう。

ラウラは不思議に思う。

全然、安心じゃない。シアには絶対に恨まれる。

そこまで考えて、ふいに理解した。

わたしのことじゃないのね。ダヴィデが、結婚後もシアと兄妹のように仲良くしてても大丈夫、ってことね。

ダヴィデはシアの気持ちに気づいてないのか。それとも、気づいていて楽しんでいるのか。

それもよくわからない。

気づいていて、こうやってラウラとシアを会わせたのなら、いい人そう、という評価も変わる。

そうだとしたら、あまり性格がよくはないもの。

「またすぐに会えると思うから、その日を楽しみにしているよ」

ダヴィデは優雅に手を振って、シアの前に座った。幼なじみと楽しいお茶会の始まり、というわけだ。

もしかしたら、とラウラは思う。

家の格で結婚はできないし、おたがい、別の人と結婚はするけれども、上流階級にはよくある、結婚後の公認の浮気相手として考えてはいるのかもしれない。

だから、ラウラに会わせた。

これがずっと昔から仲のいいシアだよ。たぶん、ぼく、そのうち、この子と浮気するよ、と。

ぞわり、と背筋が震えた。

そんな人だったらどうしよう。

…どうしようもない。ラウラは決められたとおりに結婚するしかない。

とぼとぼと玄関に向かったら、ポン、と肩を叩《たた》かれた。ひっ、と息をのむ。もしかして、ダヴィデが追いかけてきたのだろうか。いまはちょっと、ダヴィデと話したい気分じゃない。

「わたしは本気よ」

ちがった。シアだった。

でも、シアとも話したくはない。

いまはただ、一人になりたい。

「何がでしょうか」

シアが怒っているだろうことは容易に想像できたので、絶対に振り向くまい、と思っていたら、シアが前に回り込んできた。

…それは考えてなかったわ。

案の定、にらまれる。シアはラウラよりも背が低いのに、上から押さえつけられているような感覚になるのはどうしてだろう。

「あなたがダヴィデとの結婚をあきらめないなら、どんな手を使ってでも阻止するから。だから、さっさと結婚を取りやめて」

ラウラだって、できるならそうしたい。

でも。

「無理です」

無理なものは無理。そんなの、シアだってわかっているだろう。

ダヴィデと結婚したい。

こんなにダヴィデが好きなんだから、何度もそう訴えたはずなのだ。

だけど、それは叶えられなくて、結果、家の格はかなり落ちるけどお金だけはあるラウラが選ばれた。

気の毒だと思うし、ダヴィデへの好意もずいぶんなくなってしまったので、できればシアに譲ってあげたい。

結婚が自分たちの意思でできるのならば、ダヴィデとシアがするべきなのだ。

でも、そうじゃない。

よっぽどのことがないかぎり、ラウラはダヴィデと結婚する。

「…ごめんなさい」

ラウラは頭を下げて、シアの横を通り抜けた。シアがラウラの背中に言葉を投げつける。

「あきらめないわ！」

あきらめたほうがいい。世の中には、自分の思いどおりになることのほうが少ない。特に、家の格に縛られているシアのような子には。

「ダヴィデはわたしのものよ！」

そうなのかもしれない。

でも、どうしようもない。

わたしには…ダヴィデと結婚する以外の道がない。


「へえ」

ファビオは興味深そうにずっと聞いてくれている。ラウラは喉が渇いて、冷蔵庫からお水を取り出した。ごくっ、ごくっ、と喉を鳴らして飲む。あまり行儀がよくはないけれど、こうしたほうがおいしく感じる。

「上流階級って、本当に大変だな」

「ファビオは好きな人と結婚できるの？」

そもそも、ファビオってどういう階級の人なのかしら。どこの国の出身とかも知らない。

「できるよ」

「それは上流階級じゃないから、ってこと？」

「そうだね。あと作家だからというのもある。作家だと、ちょっと…いや、だいぶ羽目を外しても許されるから」

たしかにそうかもしれない。作家だけじゃなくて画家などの芸術家と呼ばれる人たちも、普通じゃなくても当たり前に思える。

「いつか、好きっていう気持ちだけでみんなが結婚できる世の中になればいいのにね」

「それはむずかしいよね」

ファビオが、うーん、と首をかしげた。

「ぼくだって、結婚は自由にできる、とは言ったけど、そのシアって子とかみたいにお金持ちで地位もあるところの一人娘とはさすがに無理だろうし」

「それはそうね…」

さすがに作家との結婚はシアの親が許さない。家を存続させるためには、ある程度の身分がある人じゃないと無理だ。

「だから、きっと、全員が好きな人と結婚できる世界なんてこれからもずっと来ないよ。でも、好きです、結婚してください、ってほとんどの人が気軽に申し込めるようになる時代はいつかやってくると思ってる」

「そうだといいわね」

ラウラが生きている間は無理だとしても。ラウラみたいな目にあう人はなるべく少ないほうがいい。

「で、結局、シアって子にはいろいろされたんだね」

「いろいろ、っていうほどでもないんだけどね。わたしはもともと評判がよくないから、そういった噂話をダヴィデの耳に入れたり、わざとわたしにぶつかって転んでは、いったーい、って泣いてみたり。そうすると、わたしがぶつかられたのに、まるで、わたしがシアを転ばせたみたいになるでしょ？」

シアは実際、そんなに意地悪ではなかった。シアがしかけてくることは、すべて、子供のいやがらせみたいなものばかりで、ラウラがこれまでされてきたことのほうがよっぽどひどかった。

シアもシアで必死だったんだろうな、ということもよくわかっている。

だけど、だれかの悪意を一身に受けるのは、やっぱりつらい。自分の好きな人がわたしと結婚するのが気に入らないからって、当たり散らされても困る。

ラウラだって、努力はしたのだ。

シアと顔を合わせるたびににらまれるのがいやになって、そして、そんなにダヴィデが好きならどうにかしてあげたい、とも思って、さりげなく母親に、シアっていう幼なじみの子がいるみたいだけど、ダヴィデはその子と結婚したりはしないの？　と聞いてみた。

ああ、あの子、いつもいるわよね。よっぽどダヴィデのこと好きなんでしょ。そういう話は耳に入ってきてるけど、ブルーナ家とキャンティ家が結婚するなら、シアがダヴィデのところにお嫁にいくしかないの。家の格がブルーナ家のほうが上だから。でも、そうするとキャンティ家が途絶えてしまうから、無理でしょ。シアは、どうしてもダヴィデと結婚したい、って小さいころから言ってたから、弟が生まれたら全部解決できるわね、って話にはなったらしいわ。最悪、妹でもいい、その子にお婿さんを取らせて家を継いでもらって、シアがダヴィデのお嫁さんになったほうが、キャンティ家としてもブルーナ家と縁ができてありがたい、と親戚の人たちが口々に説得したらしいけど、シアのご両親は…うん、まあね…。

母親は言葉を濁したが、ラウラにもそのぐらい理解できる。シアの両親は不仲なのだ。子供を一人産んだからおしまい、あとは自由にやりますよ、という、上流階級によくある夫婦。二人目の子供など望めない。

それを批判する気はない。それまでまったく知らなかった相手と結婚しなければならない、という状況になってみて、そういった気持ちを少しだけ理解できるようになった。

とはいえ、ラウラはダヴィデに対してまったく不満はなかった。シアを紹介されたときの、この人、わざとシアに意地悪をしているのかしら、とか、将来の浮気相手としてシアのことを手元に置いておきたいのかしら、などといったいやな感覚は、その後、まったくなくなった。シアとダヴィデのやりとりが、本当の兄妹のように微笑ましいものだったからだ。

そういう点では、邪魔しようとしてちょくちょく顔を出していたシアに感謝したい。おかげで、二人がどういう関係なのか、よくわかった。

ダヴィデは最初の印象どおり、とてもやさしくて、穏やかで、いつもにこにこしている。ラウラが行くと喜んでくれて、シアがいないときは、二人でダヴィデの部屋でお茶を飲んでおしゃべりをするのだ。

のんびりとした時間。

ダヴィデは本を読まないので、そういった話ができないのは残念だったけど、これまでも周りに本を読む人なんていなかったので別に平気。

ダヴィデのことを知って、ラウラのことも知ってもらって、これから夫婦になるための準備をしていく。

それはとても新鮮で楽しかった。

でも、困ったことがひとつ。

ダヴィデはラウラと婚前交渉をしようとしたのだ。

結婚するんだからいいよね、と笑顔を浮かべて、ラウラに迫ってくる。

ラウラは絶対にいやだった。

真っ白いウェディングドレスは、わたしは清らかです、あなたに真っ白なまま嫁ぎます、という証明なの。だから、結婚するまでは、ちゃんと処女を守りなさい。

母親に何度も言われてきた。

だから、ラウラは、真っ白なウェディングドレスにふさわしくありたい。結婚式当日、まっすぐ顔をあげていたい。処女じゃなくなって、わたしにはウェディングドレスを着る資格なんてないのよ、とうつむきたくはない。

結婚するまではいや。

毎回、断った。ダヴィデは、そうか、と受け入れてくれる。無理に手を出そうともしない。キスも頬だけで我慢してくれる。

やっぱりいい人だなあ、とラウラは思う。

男性には性欲がある。

それは、ラウラだってわかっている。それを我慢するのは大変だろうな、ということも。

なのに、ダヴィデはラウラのために耐えてくれている。

そのことに心から感謝をしていた。

結婚したら……いくらでも……。

ラウラは真っ赤になりながら、そう約束した。

うん、楽しみにしてるね。

ダヴィデは微笑む。

あと何ヶ月かすれば結婚をする男女が、二人きりで部屋にいる。そんな状況でうっかり婚前交渉をしてしまった人もいなくはないだろう。許されていることではないから公言しないだけで、結婚前に処女を失った人の数はそんなに少なくはないいんじゃないかと思っている。

だって、おたがいを知り合うために二人きりにされるんだもの。少しでも好意を抱いていたら、そういう状況に陥ってもおかしくはない。

処女を絶対に守りたいラウラですら、あまりにもダヴィデががっくりしていると、いいわよ、と言いそうになったりした。

だけど、結婚式のときに堂々としていたい、神様に恥ずかしい、なんて思いながらバージンロードを歩きたくない、という気持ちがいつでも勝った。

結婚したらね。

そう断るしかない。

ラウラが申し訳なさそうにしていると、ダヴィデは、ぼくが悪いんだからそんな顔しないで、と笑顔で言ってくれる。

結婚式の日が楽しみだね。早く結婚したいね。

ラウラを責めずに、いつもと変わらない様子でいてくれる。

初めて、男の人に大事にされてる、と思えた。

これまで、ラウラがいやがっても無理にしようとして、ピコット家の名前を出すとしぶしぶ引き下がっていた人たちとはちがう。自分がひどいことをしようとしたくせに、あの女、自分から誘っといて土壇場で逃げるんだぜ、本当に性格悪いよ、と嘘を吹聴《ふいちょう》するような最低な男たちとは全然ちがう。

すごい好き、とか、熱烈に恋をしている、とか、そういった気持ちはまったく抱いていなかったけど。

ダヴィデとなら幸せになれる。

そう思えた。

この人と結婚したい。こんなにやさしいんだから、きっと、平和な家庭が築けるだろう。ラウラの両親のように、ずっとおたがいを好きでいられるかもしれない。

そんな確信めいたものがあった。

シアのいやがらせは、そのころはなぜかピタッと止まっていて、ラウラがいるときに姿を現すこともなかった。

だからこそ、よけいに夢を見たんだと思う。

そう、夢だった。

全然、幸せになんてなれなかった。

ある日、急に呼び出されて、ラウラはいつものようにブルーナ家に出向いた。いつもなら出迎えてくれるはずのダヴィデがいなくて、不審に思う。バトラーが少し困ったような様子をしていた。あまり表情を変えることのないバトラーがそうなっている時点で、ラウラももっと疑うべきだった。

何かが起こっている、と。

ダヴィデは？　と聞いたら、お部屋です、と言われた。ご案内します、と先に立とうとするバトラーを断って、ラウラはもう何度も訪れたダヴィデの部屋に向かう。

バトラーはすべて知っていたのだろうか。

知っていたんだろうな、と思う。

そして、たぶん、シアの味方だったのだ。幼いころから知っているシアに肩入れするのは仕方がない。

コンコン、とダヴィデの部屋のドアをノックした。

はい、どうぞ、とシアの声が聞こえる。

引き返すべきはどこだったのか、といまでも思う。

ダヴィデが出迎えてくれないことを不審に思ったとき？　バトラーの態度がおかしいと気づいたとき？　それとも、シアの声が聞こえたとき？

そのどこでも、わたしは引き返さなかった。

それどころか、ドアを開けた。

そのとき視界に飛び込んできた光景を、きっと一生忘れない。

わたしの中のいろいろなものをずたずたにされた瞬間。

すべてが終わってしまった、その瞬間を。

「ラウラ⁉」

ダヴィデの驚いたような表情。焦った声。

そして、その隣で勝ち誇った顔で笑うシア。

ダヴィデは知らなかったんだな、とそのとき思った。だからといって、なんの救いにもならない。ダヴィデはラウラを裏切ったのだ。

二人は裸だった。裸でベッドに寝転んでいた。汗をかいて、髪が乱れていた。ベッドの下に二人分の洋服が落ちている。

何をしていたかなんて、考えるまでもない。

ダヴィデはわたし以外の女を抱いた。

幼なじみで妹みたいなものだから、そういった感情は持ってないよ。

そう断言していた相手を抱いた。

シアが迫ったんだろう。それは、二人の態度を見ていればわかる。

でも、そんなの、なんの救いにもならない。

わたしが、きっと、この人とならうまくやっていける、と信じていた相手は、いとも簡単にラウラを裏切った。

それも、結婚してしばらくたって、夫婦生活もなくなって、好意も消えて、おたがいに別の相手を探すのが暗黙の了解になってから、とかじゃない。

結婚前だ。

これから結婚をして、初夜を迎えて、ラウラの処女を捧げるはずの人が、そして、楽しみにしてるね、と微笑んでくれた人が、別の女を抱いている。

許せる、とか、許せない、とか、そういった次元じゃない。

全部おしまい。

何もかもが終わり。

「なんでここにいるんだ？」

ダヴィデは慌ててはいなかった。それどころか、なじるような口調でラウラにそう告げた。

たぶん、そのときだと思う。

わたしの中のどこかが壊れたのは。

人を信じるなんて気持ちがきれいになくなってしまったのは。

もっと驚いてくれれば、すっきりした。慌てて洋服を拾うとか、申し訳なさそうにするとか、そうすれば、わたしは救われていたかもしれない。

「どうして…？　呼ばれたからよ」

せめて言い訳をしてほしい。

ラウラは心から願う。

きみがさせてくれないから、シアでもいいと思ったんだ。でも、きみと結婚したい気持ちは変わらないよ。

笑顔でそう告げてくれたら、ちょっとは傷が小さくなっていただろうか。

わからない。

何もかもがわからない。

「シアが呼んだの？」

ダヴィデはシアを見た。

「ええ。彼女も真実を知るべきでしょ？　ラウラ、これね、わたしたちの初めてじゃないの」

ガン、と頭を殴られたかのような衝撃を受ける。

ダヴィデはシアとこれまでに何度もこういう行為をしていたのか。だから、シアはわたしがいるときに邪魔しにこなかったんだ。

ダヴィデはわたしのものになったのよ。

その安心感があったから。

何も気づかなかった。何も知らないまま、ダヴィデと楽しくおしゃべりしていた。

吐き気がこみ上げてきて、ラウラはぐっとそれをのみ下す。

この二人の前で弱いところなんて絶対に見せたくない。

「そうよね、ダヴィデ？」

「ラウラがお高くとまって、何もさせてくれないから悪いんだよ」

耳がおかしくなったかと思った。笑顔でいろんなことを話していた婚約者が言ったことだと信じたくなかった。

お高くとまってる？

結婚まで半年待ってほしい。

それは当たり前の要望じゃないの？

「結婚する前だろうと、したあとだろうと、することは変わらないのに。誘惑するようなそぶりを見せて、最後には断る。ぼくは紳士だから我慢したけど、何度、押し倒して犯そうと思ったかしれないよ」

ああ、この人もただの獣《けだもの》だったんだわ。

ラウラはその場にしゃがみ込みそうになるのを、どうにかこらえた。

わたし、どうして、こんなに傷つかなければならないの？　そんなに悪いことをした？　だれに？　神様に？

ちゃんと生きてきたつもりなのに。

「シアのおかげで助かったんだから、シアに感謝してほしいね。あ、結婚したあともシアとは関係をつづけるから」

この人は、まだわたしと結婚するつもりなんだ。結婚できると思ってるんだ。

こんな光景を見せておいて。

もうだめ。

もう耐えられない。

これ以上、一秒たりともここにいたくない。

ラウラはシアに向かって、ぽそりとつぶやいた。

「あなたの勝ちよ」

それを聞いた瞬間、シアは幸せそうに微笑んだ。

だめだ。シアもおかしい。

シアとダヴィデ、二人ともおかしい。

わたしはここにいるべきじゃない。

二人で勝手にすればいい。

「最初から、わたしの勝ちなのよ。残念ながらね」

シアは目をそらさずに、じっとラウラを見た。やっぱりお人形さんみたいだと思う。こんなにひどいことをして、ひどいことを言っているのに、それでも、そのかわいさはまったく失われていない。むしろ、ダヴィデと体を重ねつづけている幸福感からか、輝くような何かを内側から放っている。

それが、とてもシアを魅力的に見せていた。

怖い、と思った。

シアが怖い。

ダヴィデが怖い。

恐怖が体中を覆う。

ラウラは何も言わずにダヴィデの部屋を出た。体ががくがく震えて、まともに歩けない。どうやって家に帰ったかも覚えていない。

わたしはダヴィデとは結婚しない。あの人たちはおかしい。

それだけは、何度も何度も心の中でつぶやきつづけた。そうしないと、心が壊れてしまいそうだった。

それなのに、いまもまだダヴィデは形式的には婚約者だ。

そのことが悔しくてしょうがない。

早く解決してほしい。

一刻も早く。


「すごいな」

ファビオが感嘆する。

「何が？」

「シアって子。上流階級のお嬢様なんだから、そういうことしたら絶対にだめなんだよね？」

ファビオの問いかけにラウラは大きくうなずいた。

「そうね。結婚前提ならまだしも、絶対に結婚できない相手と婚前交渉をするなんて普通はしないわ」

ばれたときのリスクが高すぎる。どうしてもしたければ、おたがいが結婚するまで待てばいい。

婚前交渉はだめだけれど、結婚後の浮気は自由。

それが上流階級の常識だ。おかしな話だとは思うけど、事実なんだからしょうがない。

「そんなにダヴィデのことが好きだったのか」

「うらやましいことにね」

ファビオと体を重ねたあとだからわかる。

どうしても抱いてほしくて、ラウラは必死でがんばった。傍《はた》から見たら滑稽《こっけい》だっただろうと思う。

シアも、今日のわたしのように必死だったのかしら。もしかしたら、必死にならなくても、ダヴィデは誘いに乗ったのかもしれない。

それは一生わからない。

わからないままでいい。知りたくもない。

あのときの心の傷は、いまでもはっきりと残っている。思い出したら、ものすごい痛みをラウラに与える。

だから、思い出さないようにして、本を読むことで現実から逃避した。

あれからまだそんなに時間がたっていない。

きれいさっぱり忘れることなんてできない。

いつかは傷も癒《い》えるだろうか。

癒えてほしい、と願うだけだ。

だって、ダヴィデとシアのことでわたしが傷つくなんて、まちがっているんだもの。

「簡単に婚約破棄できたの？」

「簡単にできたら、わたしはいまごろ、故郷から遠く離れたこの国に一人で来たりしないわ」

「そっか」

そう、簡単なわけがなかった。

すでに公《おおやけ》になっている婚約を破棄するのがあんなに大変だなんて想像もしていなかった。


その日の夜、ラウラは両親にすべてを話した。途中からは泣いてしまって、うまく言葉にならなかったけれど、母親がずっとラウラを抱きしめてくれていたことを覚えている。

かわいそうにね。

何度もそう言われた。

大丈夫。どうにかしてあげるから。

ごめんなさい、お父様。わたしがお嫁にいかないと、国王様の晩餐会に呼ばれる家柄にはなれなくなるわ。

バカ！　と怒鳴られた。

おまえがこんなに傷ついているのに、そんなことどうでもいい！

あの穏やかな父親が怒っている。わたしのために怒ってくれている。

そのことが嬉しくて、ラウラはわんわん泣いた。人生であんなに声をあげて泣いたのは初めてだ。

翌日、すぐに婚約破棄を申し入れた。理由が理由なので相手も受け入れざるをえないし、すぐに婚約破棄に合意するだろう、と甘くみていた。

本当に、わたしは甘い。わたしだけじゃなくて、両親も甘い。

本物の上流階級を知らなかったのだ。

そんな事実はない。

ブルーナ家はそう反論してきた。

ラウラはそれを聞いたとき、悲しいとか悔しいとかよりも、笑いだしそうになったことを覚えている。

そこまでわたしは軽く見られているんだと、おかしくてしょうがなかった。いま思えば、笑うことで自分の心を守ろうとしたんだろう。

ダヴィデは、その日にシアには会ってない、と言っているらしい。あのときラウラを出迎えたバトラーも、ラウラしか来なかった、と証言している。

嘘なのに。

あのとき、絶対にシアはいたのに。

何度か話し合いを行い、それでも、どちらも譲らないままだった。

ピコット家の持参金がないと困るブルーナ家は、ダヴィデの不貞行為なんて認めない。

娘を傷つけられた以上、地位なんて欲しくもないラウラの両親は、絶対に結婚させたくない。

でも、このままだとピコット家が負けてしまう。ダヴィデが不貞を働いた証拠がないからだ。

そこで、ラウラの母親が動いた。

『ダヴィデ・ブルーナとシア・キャンティの隠された愛の行為』

そんなスキャンダラスな見出しが、社交欄ではなく新聞の一面に出たのだ。新聞社も一流のところではなく、噂によると、や、聞いた話では、をつけて断定を避けた記事。

それでも、大きな話題になった。

すぐに相手も報復に出る。

『ラウラ・ピコットの華麗なる男性遍歴』

ありもしないラウラの醜聞をおもしろおかしく書き立てる。ただし、こっちは一流新聞の一面だった。どうせ訴えないだろう、と甘く見られていたのだ。

でも、その通り。こんなことで裁判なんかしたら、ラウラの過去をすべてさらけ出さなければならない。何も悪いことはしていないのに、嘘の証言をする人たちも出てくるだろう。

そして、もっとめんどくさいことに、キャンティ家まで参戦してきた。シアの名誉を傷つけられた、と怒り心頭らしい。

『医師が断言。シアは処女である』

記事の中で何人もの医師がそう証言していた。こうなると、嘘つきはラウラということになる。

ただし、診断書はなかった。さすがに、それは偽造できなかったらしい。

毎日のように新聞にはラウラたち三人のことが載った。新聞は飛ぶように売れたらしい。

そして、ここでもラウラの美貌がマイナスに働いた。

ある日、真ん中にダヴィデ、右にシア、左にラウラと並んだ写真が新聞の見開きを使って、大々的に載せられたのだ。ラウラたちの顔を知らなかった人たちも、その写真を見た瞬間から、ほぼ全員がシアの味方についた。

守ってあげたくなるほどかわいい子が、婚約している幼なじみと怪しい関係になるはずがない。この気が強くて意地悪そうな女が嘘をついているに決まってる！

世間の風潮は、いつしかそうなっていった。

ああ、これはおんなじだ、とラウラは絶望的な気持ちになる。

初等科で誤解されたときと、まったくおんなじ。

何にもしていないのに、女子にきらわれたときとおんなじ。

この先のことなんて、全部わかってる。

わたしのことを知らない人が、全員、わたしの敵に回って悪口を言うのだ。

冷たい女だ、と。ひどいことをする、と。

そんなの耐えられない。

どういうものかを知っているからこそ、それがどれだけラウラを傷つけるかもわかってしまう。

ダヴィデとシアが二人でベッドにいるのを見たとき、そして、ダヴィデにひどい言葉を投げつけられたときに、わたしは十分に傷ついた。もうこれ以上は無理。

絶対に無理。

わたし、結婚する。それでこの騒ぎが収まるなら、お嫁にいく。

ラウラは涙を流しながらそう告げた。だって、それが一番傷つかずにすむから。あんなひどい男と結婚することがもっとも傷が軽い、そんな嵐の中にいるんだからしょうがない。

だめよ、と母親はラウラをぎゅっと抱きしめた。

わたしが解決してあげるから、ラウラはこの国を出なさい。だれも知らないところへ行って、そこですべてを忘れて楽しく過ごして。あんな人と結婚しちゃだめ。お父さんと二人で力をあわせて、どうにかしてあげるから。

ああ、ここに味方がいる。たった二人だけど、本当に力強い味方がいる。

ラウラは声をあげて泣いた。泣いて、泣いて、泣きつづけた。

わたしはこんなに苦しかったんだ、と、涙を流しながら思う。

逃げてもいいのよ。

そう言われて、本当に心が救われた。あのまま国にいたら、ラウラはいま生きているかどうか自信はない。

たった十八歳で、国中から冷酷な悪女と呼ばれるのはつらすぎたから。

そうして、ラウラは夜中に出る列車に隠れるようにしてこの国へとやってきた。列車が出発したときに、久しぶりに息ができたような気になったことを覚えている。

この場所に来て二ヶ月。まだ母親からは手紙が来ない。

つまり、何も解決していないのだ。

それが怖くてしょうがない。

もし、わたしの望むような結論が出なかったら、いったい、どうすればいいんだろう。


「それ、いつの話？」

「最初の事件が起こったのが半年ぐらい前」

ダヴィデとおしゃべりを楽しんで、この人と結婚してもいいかも、と思っていたのは三ヶ月ほど。それでも、十分に長く感じた。

ダヴィデのことをすごく好きなわけではなかったけれど、あの三ヶ月間、ほんわりとした幸せは感じていた。

ダヴィデと絶対に結婚したくない、こんな人、すごくいやだ、と思うようになってからのほうが倍ぐらいになってしまった。これから先、すごくいやだ、の時間ばかりが増えていく。

それは、とても悲しい。

いっそ憎めたら楽なんだろうか、と思うものの、憎むほどの愛着も執着もなかったことを痛感する。

すごくいやだし、二度と会いたくないけれど、不幸になってほしいわけじゃない。むしろ、シアと幸せになってくれればいい、と願っている。

「ラウラはイタリアに来て二ヶ月ちょっとか。母国での四ヶ月、よく耐えたね」

ファビオのやさしい言葉に、涙がじんわりにじんだ。

そう、わたしはよく耐えた。

四ヶ月、傷だらけでがんばった。

だから、自分を誇りに思ってもいい。

だれも認めてくれなくても、わたしがわたしを認めてあげる。

そのぐらいしないと、自分がかわいそうだ。

ファビオがその涙をぬぐってくれた。だけど、何も言わない。大変だったね、とか、かわいそうだね、とか、そういった言葉を口にしない。

ラウラがそれを言われたくないのをわかっているかのようだ。

ファビオのことは信頼できる。

今日会ったばかりなのに、なぜかそう確信する。

この人は、わたしを傷つけたりしない。

「たぶん、まだまだかかるね」

ファビオはなんでもないような感じでそう告げた。それが、いまはありがたい。

「そうだと思うわ」

どのくらいの期間なのかもわからないほど。

「だったら、ここでぼくと楽しく遊ぼう」

「遊ぶ？」

どういうこと？

「ぼくに抱かれたのはあてつけだよね」

「ちがうわっ！」

ラウラは大声で否定した。

「いや、いいんだよ。ラウラの処女をもらえたこと、とても光栄だと思ってる。でも、どこかで、わたしだって処女じゃなくなってやるわ、って気持ちもあったんじゃない？」

「それは…」

なかったとはいえない。

「でも…」

一番は、話が合ったから。ファビオといると楽しくて、もっと一緒にいたくて、ダヴィデがこういう人だったらよかったのに、と思って、そして、抱かれたくなった。

…完全にあてつけね。

「いいんだって。ラウラはこれまでの人生でいっぱい傷ついてきたんだから、たまにはいいこともないとね。ぼくに抱かれることがいいことかどうかは疑問だけど」

「どうして…？」

ラウラの目から、涙がぽろりとこぼれた。

「何が？」

「どうして、わたしにそんなにやさしいの？」

「ラウラがいい子だから。だれがなんと言おうと、ぼくは、ラウラのことが好きだよ。だから、ここにいる間は、ぼくとたくさん本の話をして、おいしいものを食べて、たまにはこうやって体を重ねよう」

それは、とても魅力的な誘いに思えた。

だれも知らない場所でたった一人で本を読みつづけるよりも、ファビオと本について話したい。

一人きりの味気ない食事からも逃れられる。

体を重ねるのは、拒否すればいい。女性にもてるファビオのことだから、そんなことで怒ったりはしないだろう。

「わたしでいいの？　ファビオはわたしといてつまらなくない？」

すぐにでも、うん、って言いたい。でも、社交辞令だったら、と思うと怖くて、たしかめてしまう。

「もちろんだよ！　ラウラほど楽しい子に会ったことがないからね」

嬉しい、嬉しい、嬉しい！

ファビオの曇りのない笑顔が、それが真実だと告げてくれる。

だったら、遠慮なんかしない。

だって、わたしもそれを望んでいるんだもの！

「じゃあ、お願いします！」

わたし、明日から一人きりじゃない。

その事実が、ラウラの心を軽くしてくれる。

それも、相手はファビオ。ラウラがここ最近で唯一、心を許した相手。

どうしよう…。

本当に嬉しい！

「あっ…あっ…あぁん…っ…！」

ラウラは体を大きくのけぞらせた。ファビオのペニスが体の奥深くまで入ってくる瞬間は、いつも少し緊張する。

すっかりこの行為にも慣れて、痛みもまったくなく、むしろ、回を重ねるごとに快感が強くなっているのに、それでも、やっぱり、この一瞬だけは体がこわばってしまう。

いったん入って、太い部分までが埋め込まれると、もう大丈夫。体の力も自然に抜けて、ファビオの大きさや形などを膣の内部で感じることもできる。

「気持ちいい？」

ファビオにやさしく問いかけられて、ラウラは、こくこく、とうなずいた。まだ言葉にするのは恥ずかしい。

処女を捧げようと決めたときは、とにかくばれないように、いろいろがんばった。あのときのことはもはや、はっきりとは覚えていない。酔いが完全に醒めたと思っていたけれど、もしかしたら、そうじゃなかったのかもしれない。

いまは、気持ちいい、と口にするのは、なんだか抵抗がある。

それがどうしてなのか、自分でもよくわからない。

「それはよかった」

ラウラが、気持ちいい、と言わないと気づいているだろうに、ファビオは無理に言葉を引き出そうとしない。いつも、やさしい笑顔でラウラを見つめてくれる。

この人、すごくもてるんだろうな、とそのたびに思う。

そして、胸が、ちくん、とする。

ファビオに魅《ひ》かれている。

その自覚はあった。

毎日会って、おしゃべりをして、ファビオの部屋で抱かれる。

それが日課になっていた。

そういう行為は拒めばいい、と思っていたのに、楽しく話しているうちにいつの間にかいい雰囲気になり、ベッドに押し倒されて、裸にされている。

いや？　と途中で何度か聞かれた。

いやじゃないわ、と答えた。

そして、最後までしてしまった。

その日以来、ファビオはラウラに許可を求めない。ラウラもおとなしくされるがままになっている。

もう何度、体を重ねたのか覚えてもいない。一日に複数回することもある。

わたしの決意なんてはかないものね、とラウラはたまに自虐的に思う。

会うのはいつも、ファビオのホテルの部屋。もう、しばらく、あのカフェには行っていない。レッドミモザも飲みたいし、コーヒーとマフィンも食べたい。何よりも、あのお店の雰囲気が好きだった。

きらきらと日の光が差し込む中で、のんびりと読書をする。

その時間がとてもなつかしい。

最近は一人でいるときに読書をしていない。時間がないんだもの、と自分に言い訳をしているが、そうじゃない。時間なんて作るものだ。

ラウラはこれまでずっと、睡眠前の読書を習慣にしてきた。ああ、眠くなってきたわ、でも、つづきが気になるし…、と思いながら、自然に本が手から離れて、夢の中に誘われる瞬間を愛していた。

あんなに心地のいい眠り方はない。

読書をしなくなった理由はただひとつ。

本の世界に入っていけない。何が書いてあるのか、頭に入ってこない。

気づけば、本を開いたまま、ファビオのことを考えている。

女性と真面目につきあう気はない。結婚をするつもりもない。

そうきっぱり言い切ったファビオは、いったい、自分のことをどう考えているのか。遊びなのは当然として、ちょっとは好意を抱いてくれているのか、まったくそんなことはなくて、ラウラで妥協してくれているのか。

そういうことばかりが気にかかる。

本のおなじページを何度も読んで、そして、やっぱり、内容を理解できなくて、あきらめて本を置く。ホテルの部屋のソファに横たわりながら、いまごろ、ファビオは何をしているのかしら、と考える。

ダヴィデとともに過ごした三ヶ月ほどの間、こんなふうになったことはなかった。仲良くならなかったわけじゃない。お茶を飲みながら普通におしゃべりをして、おたがいの子供のころのことなど、いろいろと話し合った。とはいえ、ラウラは過去のひどい経験を打ち明けるつもりはなかったから、学校に行かなくて家庭学習をしていたの、とさらりと告げただけ。

ああ、上流階級には多いよね。ぼくは、見聞を広めたいから学校に行ったけど、兄さんは家庭教師だったよ。

そんなふうに言われて、ほっとしたものだ。どうして学校に行かないと決めたのかの理由を問われたらどうしよう、と内心ではびくびくしていたから。

そういえば、ダヴィデのお兄さんには一度も会わなかった。もうすでに結婚して、別の場所に住んでいるのかもしれない。お兄さんの話題が出たのはそのときぐらいで、結婚しているかどうかの情報すら教えてもらっていない。いつ訪ねても、屋敷内にはダヴィデしかいなかった。いや、さすがに、ダヴィデの両親はいたはずだ。あれだけ広いお屋敷だから、普段はまったく会わなくてすむような部屋の配置になっていたのだろうか。

…ダヴィデの家のことなんてどうでもいいのよ。もうすぐ縁が切れるんだから。どうしても婚約破棄が無理なら、相手が、年齢的にそろそろ結婚しないと、とあきらめるまでここにいてもいい。

だって、絶対にダヴィデとは結婚したくないもの。

ダヴィデのことは好きだった。でも、その好きは家族や友達に対するような（友達はいないのでよくわからないけれど）好き。

何も知らないまま結婚していれば、普通に幸せにはなれたと思う。

結婚なんてこういうものよね、と思いながら、平穏な日々を送っていただろう。子供を何人か産んだあとは、ほとんどの上流階級の人たちのように仮面夫婦になった可能性もある。

そのときだったらよかったのに。

ダヴィデがシアとああいう行為をしていても、おたがいに興味がなくなったあとなら、こんなに傷つかなかった。

シアはようやく望みを叶えたのね、と喜んであげられたかもしれない。

もう何もかも遅い。

わたしはあの場面を見てしまった。

裸でベッドに横たわっている二人。うっすらと汗をかいた肌。満足そうなシアの表情。わたしを見たときの勝ち誇ったようなまなざし。

いまでもまざまざと思い出せる。

だから、わたしはダヴィデと結婚なんかしない。

ダヴィデがシアとしたように、わたしはファビオとした。処女ではなくなった。それでも、おあいこにはなったわけじゃない。

先に裏切ったのはダヴィデだ。わたしは、結婚するつもりはありません、婚約破棄します、ときちんと宣言した。いまも婚約中ではあるのだろうけれど、わたしの中ではすべて終わったこと。

だから、絶対におあいこなんかじゃない。

ダヴィデは会うたびに、わたしを求めつづけた。わたしは毎回、その頼みを拒絶して、結婚したらね、と約束した。

それが待てなかったのか。待つ価値がなかったのか。させてくれる相手なら、だれでもよかったのか。シアだったからなのか。シアのことを幼なじみと言いながらも、実は好意を抱いていたのか。

あのあと、ダヴィデとはまったく話をしていないので真相はわからない。でも、知りたいとも思ってない。

だって、真実を知ったら知ったで、きっとまた新たに傷つく。

何度でも何度でも傷つく。

初めて、男の人に大事にされてる、と思えたのに、結局、ダヴィデも、わたしを大事にしてくれなかった。欲望を抱きながらも我慢してくれていることに感謝していたのがバカらしい。

ダヴィデはどういうつもりで、毎回、わたしを誘っていたのだろう。運よくできればいい、ぐらいの軽い気持ちだったんだろうか。結婚すればどうせするんだからそれまで待ってもいいけど、ちょっと興味があるから許可してくれるならさっさとしたいな、とか?

そのうちに我慢できなくなって、わたしじゃなくてもよくなった。させてくれる人ならだれでもよかった。だから、シアに手を出した。

こういうことなんだろうか。

だとしたら、悲しすぎる。

わたしの存在はいったい何だったんだろう。

通じ合えた、と思える瞬間はあった。ダヴィデが楽しい話をしてくれて、ラウラが笑って、笑顔がいいね、と言ってくれて。

顔の造りじゃなくて表情を誉められる。

そのことが嬉しくて、ああ、この人でよかった、と思った。そういうことが何度かあって、心は近づいていたのに。

恋じゃないけれど、普通の好きよりは少し強い気持ちだったのに。

わたしの見る目がなかったのだ。

本当にそれだけ。

「どうしたの？」

ファビオがラウラの目をのぞき込んできた。急に飛び込んできたかっこいい顔に、ラウラは思わず、小さな悲鳴をあげる。

「え、何、ぼくを怖がってるみたいに」

「ち…ちがうの…ごめんなさい、いま、ぼーっとしてて。自分がどこにいるのか、一瞬、忘れてたの」

一瞬じゃない。たぶん、結構長く。

ラウラが何かを深く考えるときは、完全に意識がどこかへ飛んでしまう。本に入り込んでいるときや空想しているときもそう。

「いいんだよ」

ファビオはラウラの頬をそっと撫でた。

「ラウラはまだ、気持ちの整理がついてないからね。ぼーっとしてても、うわの空でも全然いい。ただ、悲鳴はやめて。ちょっと落ち込む」

「ご…ごめんね…？」

たしかに、悲鳴はひどい。ラウラだって顔を見られた瞬間、悲鳴をあげられたら、いくら美人に生まれたくなかった、こんな顔、大っきらい、と思っていても悲しい。

でも、ちゃんと理由があるのだ。

「ファビオがあんまりにもかっこいいから、びっくりしちゃったの。すぐに、ああ、ファビオだ、って気づいたんだけど、先に声が出ちゃった…」

「え、何、そのかわいい言い訳」

「言い訳じゃなくて、事実よ。わたし、嘘をついたり、ごまかしたりはしないわ」

嘘に苦しめられてきたから、ラウラは嘘がすごく苦手。特に、大事な人には嘘をつきたくない。

…処女じゃないと嘘をついたことは、ちょっと目をつぶってもらおう。

ファビオに魅かれている。

たぶん、恋をしている。

そう自覚しているから、なおさら。

この恋は実らない。そんなの、ちゃんとわかっている。それでも、ファビオと一緒にいたとき、わたしは一度も嘘をつかなかった、自分の気持ちに正直でいた、というのは、きっと、いい思い出として残るだろう。

「そっか」

ファビオはラウラの頭を撫でた。

「じゃあ、ぼくのかっこよさに驚いて、悲鳴をあげちゃったんだね」

「ええ、そうなの…って、たしかにおかしいわね」

ラウラはくすりと笑う。ファビオにあらためて言われると、かなり変だ。それでも、事実なのでしょうがない。

「何を考えてたの？」

「内緒」

言いたくないことは言わない。これもまた、嘘をつきたくないから。

ダヴィデについて考えてた、なんて知られたくない。未練があると思われたら悲しい。

…あ、でも、ファビオはわたしのことを好きでもなんでもないんだから、言われたところで気にならないかも。

「そう。じゃあ、つづきをするよ」

「つづき…？」

わたしはいま、何をしているんだったかしら。

「さすがにそれはショックかも。ぼくの、入っててもわからないぐらい存在感がない？」

「ああ！」

そうだった。している最中だった。

気持ちいい、と思って、それに溺れていたはずだったのに。どうして、ダヴィデのことを思い出してしまったんだろう。

ファビオのことが好きで、ファビオといると楽しくて、こういう行為もいやじゃないどころか、最近は、すごく嬉しいと思っているのに。

わたしの傷はそんなにも深いのか、と絶望的な気分になる。

幸せだと感じている間にも、闇が襲ってくるほどに。

「いま思い出したの？　本当にショック」

「ごめんね！　ちょっと考えごとが…というか昔の記憶が…」

「言いたくないなら言わなくていいよ。どうする？　休憩する？」

「しない」

これ以上、ダヴィデのことを考えたくはない。

ファビオに抱かれている。

その嬉しい気持ちで満たされたい。

「休憩はしないわ。つづきをして？」

「本当に大丈夫？」

「うん、大丈夫」

ファビオがいてくれるから、大丈夫。


「やぁぁっ…もっ…そこばっか吸わないでぇ…」

初めてのときは右しかいじってもらえなかった乳首は、両方ともファビオに開発されてしまって、ちょっとした刺激で、ぷっくらとふくらむようになっていた。

ちゅぱ、ちゅぱ、と音を立てて吸われると、全身に痺れに似た快感が走る。

「乳首を吸うと、ラウラの膣が、きゅう、って締まるんだよ」

「やっ…！」

ラウラは頬を染めた。

こういうことを言われるのが恥ずかしい。

「ぼくのに絡みついて、うねうねとうごめく。それが気持ちよくてね。ラウラはおっぱい全体が感じるから…」

もにゅ、と吸いつかれている反対側の乳房を揉《も》まれる。

「はぅ…ん…やぁっ…」

「ほらね。揉んだだけで反応する。おっぱいが敏感な子は大好きだよ」

大好き。

その言葉が嬉しい。

ラウラが好き、というわけじゃない。ラウラの反応がファビオの好みに添っている、というだけだとしても、大好きと言われたら、すごく嬉しい。

わたしは、やっぱりファビオが好きなのね。

ラウラは胸の中でつぶやいた。

だれかを好きになって、その人に処女を捧げられて、本当によかった。

これ以上は望まない。

望めるわけがない。

できれば、この時間が長くつづきますように、と願うぐらいだ。

失望と絶望と悔しさと悲しさと苦しみでいっぱいで、唯一の味方であった家族と離れてまであの場所から逃げ出さなければラウラの心が壊れてしまっていただろう時期を思い出すと、いまが本当に幸せ。

「揺らしてみよう」

ファビオが、ラウラのおっぱいを、ぷるん、ぷるん、と下から揺らした。ラウラの体が、びくん、と跳ねる。

「どう？」

「…変な感じ」

「気持ちよくはない？」

「どうかしら…」

ファビオは、ぷるん、ぷるん、とまた揺らした。

「ファビオは楽しいの…？」

「うん。ラウラみたいに大きいおっぱいが揺れてるの見ると、すっごい興奮する。おっぱいが好きなんだよね、ぼく」

そういうことを、てらいもなく、さらっと言えるところがかっこいいと思ってしまう。

わたしはちょっとおかしいのかもしれない。それとも、ファビオのことが好きすぎるのかしら？

「じゃあ…どうぞ…」

「ありがと。ふたつとも揺らすね」

ファビオは乳首から唇を離して、左右のおっぱいを交互に揺らし始めた。

ぷるん、ぷるん、ぷるん、ぷるん。

おっぱいが上下に動いている様子を見ていると、だんだんおもしろくなってきた。ぷっと吹き出したら、ファビオも笑う。

「変だね」

「ええ…変よ…でも、これが楽しいの？」

「うん、すっごく楽しいし興奮する。ぼく、ちょっと変態なのかも」

変態という言葉に声を立てて笑ってしまった。おっぱいが揺れるぐらいで興奮するのは、別に変態じゃないんじゃないかしら。

「ファビオが楽しいなら、わたしも楽しい。そうやって揺らされても、特になんとも思わないから、好きにしてちょうだい」

「なんとも思わない…ちょっとショック」

「そうなの？」

「だって、ぼくだけが、わーい、おっぱいが揺れてる、って思って…うん、変態だ」

がっくりと肩を落としたファビオにラウラはまた笑う。

「変態でもいいんじゃない？　おっぱいが揺れてるところが好きなんだから、十分に堪能すればいいのよ。作家なんだから、何だって経験して悪いことはないでしょ」

「ラウラって、すっごい楽天家だね」

「…え？」

そんなこと初めて言われた。

意地悪、冷淡、性格が悪い。

そういう評価しかされてこなかったから。楽天家というのは、なんだか嬉しい。

「そう？」

「うん。マイナスなことを言わない。さっきも、たぶん、ラウラにとってはつらいことを思い出してたんだろうけど、そういうことはちゃんと自分の中にしまって、楽しいことだけを口にする。ラウラは本当にいい子だね」

「やめて…泣きそう…」

泣きそう、じゃない。すでに涙がにじんでいる。

家族以外で、こんなに自分のことを理解してくれて、評価してくれる人がいるなんて。他人にきらわれるのが当たり前だと思っていたから、すごく心に響く。

そして、傷ついた部分が癒されていく。

どんどん、ファビオに魅かれていく。

でも、好きになったらだめな人。

ラウラのものにはならない。

それはわかっていても、お別れしなければならないときに、ラウラは絶対に傷つく。

ファビオには見せないように精一杯の虚勢を張って、わたしも遊びだったの、楽しかったわ、と言おうとは思っているけれど、もしかしたら、泣き崩れてしまうかもしれない。

だから、これ以上、好きになりたくない。

ここにいるときだけ遊べる便利な女。

その立場でいたい。

「泣いてもいいよ」

「おっぱいを揺らされながら？　いやよ。滑稽だもの」

自分の姿を思い返したら、やっと笑えた。

うん、これでいい。

泣いたり、湿っぽくなったりせずに、ずっと笑い合っていたい。

たぶん、ファビオと一緒にいられる時間はそんなにないだろうから。

「じゃあ、もっとおっぱいを揺らして、ラウラを笑わせてあげる。ラウラは笑顔が本当に素敵だからね」

こういった一言一言が、ラウラの胸に染み渡る。

覚えておこう。

ファビオに誉められたことを。ファビオにからかわれたことを。ファビオにされたことを。

そして、いまのように体を重ねる幸せな時間を。

一人になったときに、きっと、その思い出がラウラを寂しさから救ってくれる。

「もう揺らさなくていいわ。十分に笑ったから。それとも、まだ揺らしたい？」

「舐《な》めたいし、いじりたい」

「どうぞ」

ラウラはにこっと笑った。

ファビオが笑顔が素敵と言ってくれるなら、それを見せよう。

「もうちょっと恥じらってくれたらいいかな」

「いやよ。恥じらわない」

何も悪いことはしていない。わたしは国中で大騒動になるような婚約破棄事件を巻き起こして、このあと、だれとも結婚できない。ファビオに出会わなかったら、処女のまま死んでいた。

婚前交渉は禁止だけど、それは、結婚できる人が守る約束であって、ラウラのようにすでにその道が断たれた人には関係ない。

だから、わたしはこの関係を恥じない。

「気持ちいい、は言えないのに？」

やっぱり、ファビオは気づいていた。

「…それは、また別の問題よ」

その単語が恥ずかしいだけ。感じていることや、している行為は恥ずかしくない。

その辺は、たしかに変だと思うけれどしょうがない。

だって、自分でもどうしようもないんだもの。

「まあ、いいか。ラウラのおっぱいを堪能できるんだから」

そう言ったとたん、ファビオは、かぷっ、と乳輪ごと吸いついた。

「やぁっ……ん……」

体に痺れたような感覚が走る。おっぱいを揺らされているときとはちがう、はっきりとした快感。

そのまま、ちゅう、と吸い上げられて、すぽん、と離された。何度も繰り返されると、乳首が、きゅう、ととがっていく。

ファビオが舌を出して、乳頭に近づけてきた。

ああ、あれが触れる。わたしの感じるところに触れてしまう！

つん。

「いやぁぁぁぁっ……！」

すごい快感が体中を駆け抜けた。

「ラウラはおっぱいの先っぽが弱いんだよね」

れろれろ、と乳頭を舌で転がされる。ラウラの体が、びくん、びくん、と跳ねた。

「気持ちいいの？」

こくこく。

やっぱり、それは言葉にできない。

「この点に関しては意地っ張りだね。ま、かわいいからいいけど」

ファビオは反対側の乳首にも手を伸ばした。まだ、つん、としこったままの乳頭を指でやさしくなぞる。

「はぅ……ん……！」

「これも気持ちいいんでしょ」

こくこく。

「言ってみて？」

「いやっ…」

ラウラは首を横に振った。

気持ちいい。

それを言ったら、何かが壊れてしまいそうな気がして怖い。

もしかしたら、何も変わらないのかもしれないけれど。

「そっか。じゃあ、いいよ」

ファビオはいつだってやさしい。ラウラに無理強いをしない。そういうところが、すごく安心できる。

でも、大事にされてる、なんて思っちゃだめ。ダヴィデのときとおなじ過ちは繰り返さない。

ファビオにとって、わたしは都合のいい遊び相手でしかない。

それを、ちゃんと胸に刻み込んでおこう。

「そのかわり、いっぱいあえいでもらうから」

ファビオがラウラの乳頭を指の腹でゆっくりと左右にこすった。

「ひゃぁ…ん…あぁっ…」

そうやってゆっくりされると、じんわりとした快感が広がる。

「どんどんとがっていくね」

ファビオの指が少しずつ速くなってきた。ラウラの乳首がふるふると揺れている。

「やぁん…そんなにしないでぇ…っ…」

乳首がますます敏感になってしまう。初めてしたときに比べると、もうすでにかなり感じやすくなっているというのに。

「じゃあ、こうがいい？」

きゅう、と指で乳首をつままれた。

「やぁあっ…ひっ…ん…」

ラウラの体が、びくん、と大きく跳ねる。

「それとも、こうかな？」

指先で、くるり、くるり、と乳首を回された。

「はぁん…だめぇ…」

何をされても気持ちいい。わたしの乳首は、いつの間に、こんなにいやらしくなってしまったんだろう。

そうやって指でいじっている間も、吸いついているほうは離してくれていない。ファビオが何かをしゃべるたびに、反対側の乳首にも刺激がいく。

乳輪がぷっくらとふくらんで、乳首が、つん、と上を向いているところは、自分で見ても卑《ひ》猥《わい》に感じる。

「ラウラが乳首だけでイケるようにしたいんだよね」

「…え」

ラウラはぱちぱちと目をまたたかせた。

何を…言ってるの…？

「クリトリスと膣ではイケるんだから、乳首でも大丈夫だと思うんだけど。あんまりいじりすぎると、つぎの日、ひりひりしちゃうからね。どうしようかな」

「いいっ…！　大丈夫！」

これ以上、気持ちよくなるなんていや。

「ま、今日はしないから、のちのち相談しよう」

相談なんてしない。性行為に関しては、すべてファビオが決めている。ラウラに何の経験もないんだからしょうがないんだけど。

いやだ、と訴えても、まあまあ、とりあえずやってみようか？　と言われるだけのこと。

だけど、一応、言ってみよう。

「わたしは…あまり感じるところを増やしたくない…わ…」

ファビオにはかならずつぎの女性が現れる。こんなにかっこよくて、作家として有名で、お金も持っているんだから、もてないわけがない。

でも、わたしはちがう。

たとえラウラの主張が認められたとしても（そして、それを願ってる。そうじゃなければ、わたしは国に帰れない）、ブルーナ家と揉める生意気な女という印象はぬぐえない。それでなくても、ラウラは、美人なのを鼻にかけていて冷淡で性格が悪い、と思われている。そんな女性をお嫁にもらおうという男性が現れるわけがない。

それなのに、これ以上、気持ちよくなっても困るのだ。

女性に性欲があるのかどうか、ラウラにはわからない。でも、ファビオと会わなくなって、しばらく時間がたって、このことを思い出して、体がうずいてしまったら、わたしはどうしたらいいの？

ファビオはだれかとしたくなればいつでもできる。

でも、わたしはファビオとするのが最初で最後。ファビオがいなくなれば、だれにも触れられることはない。

そのことが悲しいとか残念とかいう気持ちは特にない。もともと処女のまま死ぬ予定だったのだ。なのに、ファビオに処女をもらってもらえた。わたしは性行為を知って、その気持ちよさもわかって、抱かれるたびに快感に溺れる。

それだけで、すごく幸せ。

それも、相手はファビオだ。

大好きな本の作者で、ラウラよりも本を読んでいて、本の話がたくさんできて、それ以外の話も楽しくて、黒い目を見ていたら吸い込まれそうで、顔もうっとりするぐらい整っていて、エキゾチックな容貌が大好きで…。

ああ、わたしは本当にファビオに魅かれている。

叶わないとわかっているのに、たぶん、恋をしている。

「どうしたの？」

ファビオがそっとラウラの頬に触れた。

「今日はいつにも増して、考えごとをしてるね」

「いまのは…ファビオがおかしなことを言うからよ」

「ああ、乳首だけでイッてほしいってこと？」

「そう。そして、それはいやなの」

ラウラははっきりと告げる。

「わたしは普通でいいわ。処女のままで人生を終えるのね、と思ったら、そんな自分がみじめに感じて、ファビオに無理やり押しつけただけなんだから。それ以上なんて求めてない」

「いいものを押しつけてくれてありがとう」

ファビオがにこっと笑った。ファビオの笑顔はどんなときも魅力的で、思わず見とれてしまう。

「ありがたくもらっておいたよ。ところで、ぼくのが入っているのは覚えてる？」

「え…あ、また忘れてたわ」

わたし、いったい、どうしちゃったんだろう。今日はいつもにましておかしいわ。

「え、本当に？　ぼく、自分のペニスに自信がなくなるよ」

「ちがうのっ！　わたしが考えごとをしてただけだから！　ファビオの…えっと…ペニスは…ちゃんと硬くて大きくて存在感があるわ」

「気持ちいい、は言えないのに、ペニスは口に出せるんだね」

ファビオはおかしそうに笑った。

「だって、それは器官だもの」

恥ずかしくないわけじゃないけれど、生物の教科書に堂々と載っているぐらいだから大丈夫。

気持ちいい、というのは、わたしの体の反応で、わたしの感情だ。それをさらけ出すのは、恥ずかしくてたまらない。

「そっか。そうだね。じゃあ、この器官を使って、ラウラを気持ちよくさせてもいい？」

「いいわよ」

いつも何も聞かないのに、いったい、どうしたんだろう。

「なるほど。これも恥ずかしくないのか。ラウラの羞恥心がどこに働くのか、すごくわかりにくくて楽しい」

なるほど、探ってたのね。おかしいと思った。

ファビオは作家だけあって、とても好奇心が旺盛だ。知りたいと思うことは執拗に調べる。ファビオが泊まっているこの広い部屋には、たくさんの本が持ち込まれていた。その中で一番分厚くて巻数が多いのが辞典だ。言葉の意味がわからなかったり、出典を知らなかったり、ほかにも少しでも疑問に思うと、ファビオはすぐに辞典を開く。知らないままなのが気持ち悪いらしい。

この量の本をトランクに入れて持ち運ぶのは重さ的に絶対に無理。船便で家から送ったのかと思ってたら、この近くの本屋さんを回ってそろえたという。

それを聞いたとき、ラウラは本当に驚いた。家にもある本をもう一度買うという発想がなかったからだ。

最初に旅に出るときに船便で必要な本を送ろうとしたら、すごい量になって、運送代もとんでもなく高くなったから、だったら、行った先で買って、ホテルに寄付して帰ればいいか、と思って。

なるほど、とラウラの感情は驚きから感心へ変わる。

たしかに、必要な本を選んで、それを詰めて、運送を頼んで、などに時間をかけるよりも、身軽に出かけて、地元の本屋さんで欲しい本を買ったほうが合理的だ。どっちもおなじだけの金額がかかるなら、絶対に出先で買ったほうがいい。帰るときもまた本を詰めて、運送を頼んで、いざ本が届いたら、それを元あった場所にしまう、という苦行が待っているんだし。

…あれ、なんの話だったかしら。

ダヴィデのことを思い出したせいで、今日は思考があちこちに飛んでいく。婚約者じゃなくなってからも（まだ正式には決まってないけれど、ラウラの気持ちの中ではすでにダヴィデは婚約者じゃない）、本当に迷惑な人だ。

あ、そうそう、ファビオは好奇心が旺盛で、知りたいと思ったら、とことん食らいつくところがあるって話ね。

だから、いまも、ラウラがどの言葉が恥ずかしいのか探ろうとしているのだ。

「乳首いじられるの好き？」

「…どの言葉を言わせたいの？」

「ラウラの勘のいいところは好きだよ」

ファビオが目を細めた。

好きだよ。

そういう意味じゃないとわかっていても、実際に言われたら、どきっとする。

「ラウラが、気持ちいい、って言いたくない理由を知りたいんだよね。だって、気持ちいい、って性行為だけに使うわけじゃないし。今日は気持ちのいい気候ね、とかも言わないわけ？」

「お湯が温かくて気持ちいいわ、とか？」

「あ、言った！」

ファビオがラウラを指さしてから、あ、ごめん、と慌てて手を引っ込める。人を指さしてはいけません、とファビオもしつけられてきたのだろうか。

こういったことを知るのが楽しい。

ファビオと会えなくなって、思い出すのは案外、そんな細かい部分なのかもしれない。

「普通の気持ちいいなら言えるわよ？」

「んー、じゃあ、性的に気持ちいい、って言いたくないのか。でも、初めてのとき、言ってなかった？」

正直なことを言えば、覚えていない。あのときは焦っていたし、何を言ったのかなんてすっかり忘れてしまっている。

人は忘れる生き物だ、とつくづく思う。

「記憶にないわ」

ラウラは率直に告げた。

「まあ、ぼくも正確に覚えてるわけじゃないけど…うーん、どうだろう…」

「ねえねえ、ファビオ。すぐにしないなら、わたし、本を読んでもいい？　つづきが気になるの」

キングサイズのベッドにはたくさんの本が置いてあった。ファビオはその日の気分で読む本を決めるので、途中までしか読んでいないものがたくさんある。一冊をずっと読みつづけるラウラとは対照的だ。

一人でいるときの読書量はぐっと減った、というか、まったく読んでないけれど、ファビオが、ちょっと本を読んでいい？　と読書をしだすと、ラウラもおもしろそうな本を選んで読むことにしていた。いったん集中して読み始めると、ああ、本っておもしろい、と思う。夢中になって読んでいるせいか、ファビオは、持って帰ってもいいよ、と言ってくれるけれど、いざ一人になると絶対に読まない。その理由なんて絶対に言いたくないから、固辞していた。

わたしの部屋にも読みかけの本があるから、と。

嘘じゃない。読みかけの本ならちゃんとある。ファビオに出会ったあの日以来、まったく先を読んでないだけ。

それが、ファビオの書いた冒険譚だというのも皮肉な話だ。ファビオの本だから、ファビオを思い出してしまうのかもしれない。主人公はファビオの生き写しではないけれど（そんな冒険をするとは思えない）、どこかファビオに似た部分もある気がして、そういえばファビオって、とファビオ自身のことに考えが移行してしまうのだ。

冒険譚のつづきを読むのはあきらめて、別の本にしようかしら。そうしたら、読めるのかもしれない。

「だめだよ。ラウラがうわの空のときはぼくが待ってたんだから、ラウラも待ってて」

「だって、待ってるだけって退屈なんだもの」

ラウラはたぶん結構長い間、考えごとをしていたのに、そして、ファビオはそれをじっと見守っていてくれたのに、ひどい言い草だということは十分に理解している。

でも、困るの。

ラウラが本当にファビオを好きなことも、どうして、気持ちいい、って言いたくないのかも、知られたくないの。

だから、わざとひどいことを言ってみる。

本のつづきを読みたいのは本音だけど、実際には読めるわけがない。ファビオとこんなことをしているのに、内容なんて頭に入ってこない。

退屈というのは、まったくの嘘。ファビオの顔を見ているだけで、あっという間に時間なんて過ぎてしまう。悩んだり、考えごとをしていたりするファビオの表情には、男の色気のようなものが漂っている。それを、ずっと見ていたい。

「ファビオはさっき、わたしのことを、中にぼくのが入っているくせに考えごとができるなんて、って責めたけど、ファビオだって、わたしの中に入れておきながら考えごとをしているから、これでおあいこね」

そう言ったあとで、ほんのいたずら心で、きゅう、と膣を締めてみた。

「ちょっ…」

ファビオが、びくっ、と体を揺らす。

へえ、気持ちいいのね。

ラウラは楽しくなってきて、いったんゆるめてから、また、きゅう、とさっきより強く膣を収縮させた。

こうやって締めるやり方を教えてくれたのはファビオだ。つまり、自業自得。

「こら…おとなしくしてて…」

ファビオの声が吐息混じりになっている。ファビオが感じている証拠だ。

ゆるめる、締める、ゆるめる、締める、を繰り返していたら、ファビオが、もー、とあきらめたようにラウラの上に覆いかぶさってきた。

「どうして、そういう悪いことするの？」

「退屈だからよ。本を読ませてくれれば、おとなしくしてたのに」

本当は、ファビオが気持ちよくなっているのが嬉しかったから、だけど。

そんなこと言えるわけがない。

わたしは遊び相手。

それを自分に何度も何度も言い聞かせる。うかつなことを口にしてはいけない。ファビオが、めんどくさいな、と思うようなことは言わない。

「いけない子だね」

ファビオがラウラにキスをした。ファビオのキスは、ラウラに幸せをくれる。

「ぼくがラウラについて研究してるのに、それを中断させるなんて」

「だって、つまらないんだもの。もっと楽しいことしましょ？」

ラウラはにっこりと笑った。

研究なんてされたくない。

ファビオのことが好きだとばれたら、もう会ってもらえなくなる。

そんなのは困るのだ。

「どんなこと？」

「さっきまでのつづき。わたしを気持ちよくしてくれるんでしょ？」

「あ、いま言った！」

ファビオが驚いたようにラウラを見た。

「この気持ちいいも言えるわよ」

なんでだろう。性行為に関わることなのはおなじなのに。

自分でもよくわからない。

ファビオに、気持ちいい？　と聞かれると、うん、とうなずくのが精一杯。

「ラウラは不思議な子だね。まあ、でも、いっぱい刺激されて、ぼくも我慢できなくなっちゃったから、つづきをしよう」

「ええ、つづきをしましょう」

性行為に溺れていれば、よけいなことを考えなくてもすむ。

「動くよ」

ぐいっ、と中に入っているペニスが奥に擦りつけられた。

「あっ……」

それだけで、ラウラの体に痺れが走る。

「いいね。もっと、あえいで」

ファビオが細かく腰を動かして、ラウラの膣壁をくまなく刺激し始めた。

「やぁん…それ…弱いのぉ…」

ラウラの背筋がのけぞって、ぴん、と足先が伸びる。感じているときは、そうなってしまう。

「知ってる。ラウラのいいところは、ほぼわかってるよ。もっと気持ちよくしてあげるからね。気持ちよくしてほしい？」

こくこく。

「ふーん。これはだめなんだ。やっぱりおもしろい」

ファビオはそう言いながら、ずるり、とペニスを半分ほど引き抜いた。ラウラはぎゅっと手を握り込む。

ずぶっ！

そんな音が聞こえてきそうなほど、一気に全部を埋め込まれた。

「いやぁぁぁぁっ…！」

ラウラの体が何度も跳ねる。

本当にファビオはよく知っている。この距離を突き上げられるのが一番気持ちいい。

「もう一回いくよ」

ずるり、と抜いて、また一気に。

「だめぇぇぇっ…！」

びくん、びくん、と体が震える。おなじように、膣の中も震えている。

「ラウラの中がひくひくしてる。もうイキそう？」

「知らなっ…」

ラウラは首を振った。

「そうか、これも恥ずかしいんだね。そういえば、イクって言わないし」

「やっ…もっ…観察しないでぇ…」

そうやって、いろいろあばかないでほしい。ラウラが一番隠したいことがばれてしまいそうで怖い。

ファビオに魅かれてる。

ううん、もっと強い想《おも》い。

わたしはファビオに恋をしている。

それを知られたくない。

ファビオに知られて、迷惑がられて、遊び相手にもしてもらえなくなるなら、わたしの感情なんて伝わってほしくない。

ラウラは自分の顔を手で覆った。

「これで…何もわからないでしょ…？」

「ラウラはかわいいね」

ファビオが、またペニスを引いて、そのまま突き上げた。

「あぁぁぁっ…！　やっ…もっ…なんか…くるの…っ…！」

「かわいいから、いっぱい観察して知りたくなる。だから、隠さないで」

ファビオがラウラの手をほどくと、ちゅっとキスをする。

「その碧い目の奥で、いったい何を考えてるのかな？」

「内緒…よ…」

ラウラは目を閉じた。

「意地っ張りだね。今日のところは許してあげるよ」

ファビオはラウラの最奥をペニスの先端でつつく。

「あっ…あっ…あっ…」

そんな細かいあえぎがこぼれた。イキそうになると、泣き声に近くなってくる。

「ここも好きだもんね。ラウラは感じるところばかりで、本当にいいよ」

ファビオがまたペニスを引いた。ぐちゅん、と音をさせながら最奥まで埋め込んで、そこを先端でぐりぐりとこする。

もう我慢できなかった。

「いやぁぁぁぁぁっ…！」

ラウラは体をぴんとのけぞらせて、絶頂を迎える。きゅう、と膣が自然に縮むのが、自分でもわかった。その動きで、ファビオのペニスを締めつける。

「あ…出る…」

ファビオがペニスを引き抜いて、そのまま透明な液体をラウラのおなかにこぼした。時間がたつにつれて、白く変化していく。

精液って不思議ね。

ラウラはぼんやりしながら思う。

どうして透明なのが白く濁るのかしら。

「あー、気持ちよかった」

ファビオは、ごろん、とラウラの横に寝そべった。

「ラウラも気持ちよかった？」

「…うん」

回を重ねるごとに体が慣れるのか、どんどん快感が強くなってくる。

このままだとどうなるのか怖い。

だからといって、やめたくなんかない。

どうしたらいいいんだろう。

日々、考えているのに、結論はまったく出ない。

第六章

「手紙が来たの！」

ラウラはファビオの部屋に入るなり、そう告げた。

「へえ、だれから？」

「お母様から！」

「よかったね！　寂しいから近況を教えてください、っていうラウラの頼みをようやく聞いてくれたんだ？」

ファビオがにっこり笑う。そんなたわいもないことを覚えてくれてたんだ、と思うと、ちょっと…ううん、かなり嬉しい。

でも、手紙の内容は近況報告じゃない。

「ちがうの！　もっといい話よ！」

ラウラは弾んだ声でそう告げたあと、大事に持っていた手紙を取り出した。その手紙をファビオに差し出す。

「読んで！」

「え、いいの？」

「読んでほしいの！」

そして、ラウラが理解している内容が正しいかどうかを教えてほしい。ラウラしか読んでないから、もしかして、かんちがいしているかもしれない。

嬉しいはずの手紙でも、そんなふうに疑ってしまう。

国にいたときの大騒ぎが思い出されて、こんなにあっさりと解決するわけがない、と信じられずにいるのだ。

「じゃあ、遠慮なく。本当にいいんだね？」

ファビオがラウラをじっと見る。だれかに書かれた手紙を読むのはいけないことだと思っているのだろうか。

ファビオは本当にすごくちゃんとしている。好奇心が旺盛ではあるけれど、それ以上踏み込んではいけない、という線引きを持っていた。

そういうところにもすごく魅かれる。

「もちろん！　あ、そうだ、声に出して読んでくれると嬉しいわ」

「声に出して？　音読ってこと？」

「そう！　耳で聞きたいの」

ファビオの声で手紙を読んでもらえたら、すっと内容が頭に入ってくる気がする。

「わかった。じゃあ、んっんーん！」

わざと喉を鳴らして、にやりと笑った。ラウラが緊張しているのがわかっているのだろう。

こうやって笑わせてくれるところも好き。

ファビオのいろんなところが大好き。

内緒だけど。

「いくよ？」

「うん」

ラウラはぎゅっと手を握り合わせた。


『愛するラウラへ。


ようやく、あなたに手紙を書けます。ここまで、長い戦いでした。こちらがまちがっているかのようなことを言われて、何度、悔し涙を流したことでしょう。

わたしたちは、ただラウラの幸せを願っているだけなのに。ラウラがあんなに傷ついて、あんなに泣いて、あんなにいやがった結婚をさせたくないだけなのに。

ああ、でも、もう、そんなことはどうでもいいのです。

婚約破棄が成立しました！

本当はこれだけを伝えたいのですが、それだとラウラも混乱するでしょうから、少しだけ詳しく話しますね。驚かないでください。

なんと、ダヴィデとシアが結婚します！

それも、急いで結婚したいようで、ある日突然、さっさと婚約破棄をしなさいよ！　とブルーナ家のえらい人（言わなくてもだれかわかりますよね）に怒鳴られました。

わたしたちは、最初、口をぽかんと開けていたと思います。

だって、相手の言っている意味が理解できなかったんですもの。

婚約破棄をしてほしい、と主張していたのはこちらだというのに、まるで、わたしたちが邪魔をしているような言い草。まったく、あの人らしいですこと。

もちろん、即座に手続きをしました。手続きとはいっても、婚約破棄に関することは両家とも今後一切、口外しない、という契約書にサインをするだけです。

ただ、あなたが望んでいた、ダヴィデとシアが密通していた事実を明らかにすることは叶いませんでした。残念です。

表向きは、一度ちゃんと婚約しておきながら、おたがいのわがままで別れることになった、となります。おたがい、という言葉がいやで、ここを削ってください、と頼んだら、だったら婚約破棄はしない、結婚してもらう、とかなり強気に出てこられたので、お父さんと相談した結果、あきらめることにしました。

大事なのは、あなたをあの男と結婚させないことですから。

でも、これで、ラウラも婚約破棄の責任を負うことになります。そこはわたしたちの力不足です。本当にごめんなさいね。

とても厳しいことを言いますが、ラウラが結婚することはむずかしくなってしまいました。これから先、ブルーナ家を敵に回しただけでなく、婚約しておいて自分のわがままでやめるとんでもない女性、という印象がラウラにはついて回ります。

これも、お母さんたちが欲をかいて、ブルーナ家と縁を結ぼうとしたからだ、ととても反省しています。ラウラには謝っても謝りきれないです。

でも、もう一度、きちんと言わせてください。

本当に本当にごめんなさい。

ただ、あなたはもう、ダヴィデと結婚しなくていい。

そのことに、わたしはほっとしています。ラウラもそうだったらいいと願ってます。

ダヴィデとシアは今月末にでも結婚式を挙げるそうです。それが終わったら、こちらに戻ってきてください。

ラウラに会いたい。会って抱きしめて、長い間、寂しがらせてごめんね、って謝りたい。

何度も手紙を書こうと思いました。でも、書き始めると、ブルーナ家やキャンティ家の悪口しか出てこなくて、そんな手紙を書きたくないし、ラウラにも読ませたくない、と思ったので、送りませんでした。

家族と一緒にいるのが好きなあなたが、その国で一人でどんな気持ちで過ごしているのかと思うと、日々、胸が痛みました。

普通に楽しいことを書いて、毎日手紙を送ってあげられなかった弱いお母さんを許してね。ラウラに会える日を楽しみにしています。

帰る日などについて、手紙をもらえたら嬉しいです。もちろん、今回の件に関して、恨みつらみはあるでしょうから、それもたくさん書いてください。ちゃんと受け止めます。

半分勝利、半分敗北みたいな形になってごめんなさい。

完全勝利で終わりたかったです。

ああ、わたし、さっきから似たようなことばかり書いてますね。もうペンを置きます。

あなたを待ち望んでいるピコット家より』

ファビオが読み終えて、しばらく沈黙が広がった。

「え、これ…完全に…」

「大勝利よね！」

ラウラは、ぴょん、と飛び上がる。ファビオに読んでもらったら、やっぱり、すっと内容が頭に入ってきた。

婚約破棄ができたのだ！

ほかのことなんてどうでもいい。それだけで十分。

「よかった！　わたし一人で読んだとき、あまりにもお母様が悲痛な感じで手紙を書いているから、もしかして、どこか読み落としてるんじゃないかと思ってたんだけど。これ、わたしが望んだ結末よね？」

「ダヴィデとシアの密通を明かしてほしいんじゃないの？」

「覚えてないのよ」

ラウラは首をかしげる。

「そんな条件を出した記憶がないの。そもそも、強大な権力を誇るブルーナ家を敵に回して婚約破棄をするだけで大変なのに、そんな無理難題をつけくわえるわけがないと思うのよね」

その事実を絶対に認めないだろうことを、途中からいやというほど思い知った。

「だよね。これは無理だろうな、と読みながら思ったよ」

「わたしも。え、何を言っているの？　って」

ラウラとファビオは顔を見合わせて、ふふっ、と笑った。

「じゃあ、どうしてこんなことになってるんだろうね」

「んー、わたしもここに来ながら考えてたんだけど、あれを目撃した日、すっごい傷ついて、泣きながらいろいろ言ったのよ。そのときに、世間に知らしめてやりたい！　ぐらいの強い口調で訴えたのかもしれないわ」

うん、これならありえそう。

あのときはいろんな気持ちが湧いてきて、悔しさや悲しさが抑えきれなくて、思ったことをすべて口にしていた気がする。

ダヴィデとシアがしたことを、みんな知ればいい。わたしは悪くない。どうして、こんな目にあわなきゃならないの。

そんなことも言ったかもしれない。

両親はそれを真剣に受け止めてくれた。だから、ラウラが悪者にならないように、これまで戦ってくれていたのだ。

母親が手紙で謝るようなことなんて、何もない。早く帰って、母親に会いたい。

これでいいの。これがわたしの望んだことなの。お母様、ありがとう！

そう言って、ぎゅっと抱き合いたい。

ああ、早く自分の家に戻って、みんなに会いたい！

「あとさ、なんで、この二人、幸せになってるの？」

ファビオが顔をしかめている。

に。

「ダヴィデとシア？」

「そう。そもそも、婚約破棄をしたくない、ラウラと結婚をしたい、って相手が強硬に主張したから、もつれてたわけじゃない？」

「そうね」

　ダヴィデもシアと結婚するつもりなんだったら、さっさと婚約破棄してくれればよかったのに。

「ダヴィデは、ラウラのこと好きだったとは思うんだよね」

　ファビオが少し言いにくそうにそう告げた。

「うん、わたしもそれは、いまも少し信じてる」

　お茶を飲みながら過ごした時間がすべて嘘だとは思わない。

　でも、わたしじゃなくてもよかった。シアが言い寄ってきたら、そっちになびいた。わたしがさせてあげなかったから、じゃない。婚前交渉を許していても、いつかはシアの誘惑に乗っただろう。

　それがわかるから、悲しい。

　わたしとダヴィデの結婚観がずれていた。

　ただそれだけのことなのに、ほんのちょっとは心を通わせた瞬間もあったから、よけいに悔しい。

恋でもない。好きでもない。

ファビオに恋をしたから、わかる。ダヴィデに対する気持ちとは、全然ちがう。

でも、好意はあった。

この人と結婚してもいい、と思った。

そんな自分をすべて否定されたように感じる。

「シアのことは、本人も言ってるとおり、幼なじみの女の子としか思ってなさそうだし」

「それもそうだと思うわ」

なのに、抱いたのだ。

そういうことができる人だというのが、一番ショックだったかもしれない。

男性だから性欲はある。いや、男性にかぎらず、みんな、性欲はあるのだろう。

でも、なんの興味もない幼なじみの、そして、自分に恋をしているとわかっている女の子を抱いた。たぶん、罪悪感なんて抱いていない。

そんな人だというのがいやだ。

「なのに、急に結婚…あ！」

ファビオがポンと手を叩いた。

「ふーん、なるほど。よし、さっさとラウラの国に行こう！」

「…え？」

何を言ってるの？

「このままだと、ラウラの泣き寝入り決定で悔しいよね」

「ううん。婚約破棄できたから、全然悔しくないわ」

ずっと戻れないのかもしれない、と絶望していたのに、ダヴィデとシアの結婚式が終わったら国に帰れる。もとから地に落ちているラウラの評判が、地面にめり込むぐらい低くなったところで、どうだっていい。

「いやいや、ぼくは悔しいよ。ラウラみたいないい子を傷つけて、ありえないことばかり噂で流して。ラウラ、ひどいこと言われてるんだよ？」

「うん。でも、それは昔からだから……」

ファビオは首を横に振った。

「それでもだめだと思う。ラウラ自身もダヴィデとの婚前交渉をとっくにすませて、結婚前でも浮気相手を見つけていいわよ、って言ったことになってるし」

「へえ、そうなのね」

聞いても、たいしてショックじゃないのはどうしてだろう。ブルーナ家ならそれぐらいやりそうだと思っているからだろうか。

……ん？　ちょっと待って。

「ファビオ、どうして知ってるの？」

あの小さな国の本当にくだらない諍《いさか》いが、遠く離れたリゾート地まで届くわけがない。ラウラ自身もどうなっているのかわかっていないのに。

「ラウラが進捗状況を気にしてるから、知り合いに調べてもらった。ぼく、こう見えても、いろんな国に顔がきくからね」

いろんな国に顔がきくようにしか見えない。だって、ファビオは世界中で読まれているベストセラー作家なんだもの。

「わざわざ？」

「うん。でも、泥沼になっているって聞いたから、ラウラには教えないでおこう、って。ちょっとでも希望が見出《みいだ》せる答えだったら教えてあげたんだけど。ごめんね、内緒でそんなことをして」

「ううん、ありがとう！」

ラウラは、ぎゅっとファビオの手をつかんだ。

「国に戻れることになったのは嬉しいけれど、自分の評判がどうなっているのかわからなくて不安だったから、聞けてよかったわ！」

悪口だろうと、どういう状況なのかわかったほうがいい。

「ラウラは誤解されやすいんだね」

「え？」

どうしたんだろう、唐突に。

「これから、ラウラの耳に痛い話をしてもいい？」

「えーっと…」

できれば、してほしくはない。でも、ファビオは意地悪で言っているわけじゃないので、ここは聞いておいたほうがいいのだろう。

「できるだけ表現をやわらかくしてくれると…」

「うん、それは最初からちゃんと考えてる。でも、ラウラの気分を害すると思うから、聞きたくなければ断ってくれていいんだよ」

「じゃあ、ちょっと考えさせて」

ラウラはそう言ってから、ぷっと吹き出した。

いったい、何を考えるんだろう。聞くか聞かないか、もう答えは出ているのに。

だって、そこまで言われて我慢なんかできない。

「どうしたの？」

「考える必要はなかったな、って思ったら、おかしくなっちゃった。ここで、やっぱり言わないで、って断ったところで、ずっと気にかかるでしょ？　聞いておけばよかった、って後悔するぐらいなら、聞いて後悔するほうがいいわ」

悲しいことに悪口なら慣れている。

「じゃあ、なるべく、やわらかーく言うからね」

「んー、それも面倒だから、はっきりと言ってくれていいわ。ファビオの声で言われると、大丈夫かもしれないし」

どうだろう。もっと傷つくだろうか。

「ラウラはいい子だってことは、ぼくがよく知ってる。ぼくは、ラウラのことが大好きだよ」

ファビオが急にそんなことを言い出した。

結構ひどいことを言われてるんだな、という落胆と、大好きって言ってもらえた嬉しさ。

それは、どっちが大きいのだろう。

この大好きが、ラウラとおんなじ大好きだったら、だれに悪口を言われたって平気なのに。

そんな日は来ない。期待もしない。

そう決めているのに、それでも心は何度も揺れる。

だって、わたしはファビオが好きなんだもの。

「ありがとう。覚えておくわ」

「それじゃあいくよ。覚悟はいい？」

「覚悟はよくないけど、どうぞ」

あまりにもひどかったら、途中から聞き流せばいい。

ファビオは小さく折りたたんだ紙を机の引き出しから取り出した。そこにラウラの悪口が書いてあるのだ。

きゅう、と心臓が痛んだ。

やっぱり、慣れてなんかいない。いまも十分に悲しいし、苦しい。

「あのクソ生意気な女と結婚するんだから、浮気ぐらいしたって当たり前。どうせ、やるときも冷たい目でにらんで男を萎えさせたんだろ。シアみたいなかわいい子がそばにいたら、そっちに魅かれるのも当然。わたくしは美人でお金持ちで権力があるのよ、って顔してたけど、本物の権力者には勝てなかったんだね。以上！」

ファビオは紙をびりびりに破った。

「ごめんね。こんなこと聞かせて」

ファビオのほうが、どうしてか泣きそうな顔をしている。

「ぼくはね、悔しいんだよ！　ラウラは本当にいい子で、本をいっぱい読んでて、頭の回転も速いし、よく笑うし、話してて楽しいし、意地悪でも冷たくもない。権力とかお金とか、そんなくだらないものにこだわってもいない。なのに、ラウラが…こんなふうに…」

ファビオが、がっくりと肩を落とした。ラウラは慌てて駆け寄って、ファビオをぎゅっと抱きしめる。

「大丈夫。わたし、平気だから！」

強がりでもなんでもなかった。

ラウラの悪口を読んでいるとき、ファビオはなんの感情もこもっていない声だった。一刻も早く終わりたい、とばかりに早口で読み終えた。

悔しい、と言ってくれたときは、本当に無念そうで。ぎゅっと拳を握り込んでいた。

わたしの悪口に怒ってくれる人がいる。

それが、こんなにもラウラを勇気づけてくれる。

自分への悪評を聞いているときも、特になんとも思わなかった。ファビオが、くだらない、こんなの、と思ってくれているのがわかったから、傷つかなかった。

好きな人の存在ってすごい。これまでの傷も癒してもらえそうな気までしてくる。

「ぼくは許さない」

ファビオがラウラを抱き返した。おたがいの体温を感じながら、ぎゅっと強く抱き合う。

それだけで、心まであったかくなる。

「こんなにいい子を中傷するやつら、全員を許さない」

「ありがとう…」

嬉しい。涙が出そうなぐらい嬉しい。

ファビオは正義感で怒ってくれているんだろうけど、それでも、ファビオがラウラの味方をしてくれていることが、本当に幸せ。

「だから、一緒にラウラの国に行こう」

「ええ、でも、結婚式が終わってからじゃないと……一緒に？」

ラウラは驚いて、ファビオを見上げた。

「ラウラは行くんじゃなくて、帰るのか」

ちがう、ちがう。そこじゃない。

「一緒にってどういうこと？」

「ぼくはね、ある推理をしたんだよ」

ファビオがラウラの目を見つめる。

ことことこと。

そんな笑い声が聞こえた。

ファビオの独特な、だけど、とても耳に心地のいい笑い声。

「そして、それはきっと当たってる。だから、結婚式の前にこっそり帰って、二人で侵入しよう」

「侵入？　大勢でパーティーをしてるところへ？」

それはさすがに遠慮したい。というか、結婚式そのものに行きたくない。

「盛大じゃないと思う。身内だけでやるはずだよ」

「どうして？　だって、ブルーナ家とキャンティ家よ？」

国で一、二を争う権力者の息子と娘が結婚するのに、身内で小ぢんまりなんてありえない。

「それでも、こっそりやる理由があるんだよ。さ、帰り仕度をしよう」

「え、でも…」

「ラウラ」

ファビオがラウラの頬を撫でた。

「ぼくを信じて？　ラウラをひどい目にあわせたやつらに、きっちり落とし前をつけてもらうから」

「本当にファビオも来るの？」

もしそうだとしたら、すごく嬉しい。この地を離れるときにファビオともお別れだと思っていたのに、あとちょっと猶予が与えられたことになる。

「もちろん！　こんな楽しそうなこと見逃せないよ」

ファビオがにっこり笑う。

「さーて、じっくり計画を練らないとね。あ、ラウラって目立つ？」

「え？　どういうこと？」

目立つ…とは思う。ラウラの大っきらいなこの顔のせいで。

「国に帰ったら、すぐに、みんながラウラだって気づく？」

ああ、そういうことか。

「…たぶん」

新聞に写真が載ったので、ラウラに実際に会ったことがない人だって、ラウラの顔を知っている。

…そうか、帰ったらすぐにばれちゃうのか。それは、すごくいやだわ。

「じゃあ、結婚式ぎりぎりに帰ることにしよう。あとは、ラウラには変装してもらわないと。顔はどうにもならないから…髪の毛かな。あ、眼鏡をかけたら雰囲気が変わるかも。そういうこともすべてやって…ほかにはえーっと…」

ファビオは何かをぶつぶつ言っているけれど、内容はまったく聞こえてこない。

「ファビオ？」

「ん、どうしたの？」

どうしたの、はこっちのセリフなんだけど。ファビオが何を考えているのか、まったくわからない。

「ファビオがわたしの国に来るのはどうして？」

「だから、ラウラの復讐をするんだって。向こうに全面的に非があるって認めさせられるかもしれないからね」

「え…？」

復讐って！　そんな怖いことはしなくていい。でも、全面的な非を認めさせるために何をするのかは、ちょっと興味がある。

「どうやって？」

「それは結婚式当日のお楽しみだよ。ごめんね、ぼく、今日ちょっとやることがたくさんあるから、相手をしてあげられないんだけど、大丈夫？」

相手って、あの行為のことかしら……。

そう考えただけで、頬が熱くなった。

わたし、そんなに物欲しそうだった？

「ちょっとこれから、人に会ったりしなきゃいけないから、ラウラはこの部屋にいてもいいし、帰ってもいいよ。あ、帰って、ご両親に手紙書いてくれる？　結婚式が終わったら帰ります、結婚式の日取りを教えてください、って。その返事のほうが早いかもしれないし」

ファビオは一人でわくわくしている。ラウラはまったく状況を把握できていない。

でも、ひとつだけ、ファビオが正しい。

手紙の返事を書かなきゃ！　お母様に謝ってもらうことなんてないのだ、と。わたしはこの結果に満足しているし、ありがたいと思ってる、と。心をこめてつづらなきゃ。

お母様だけじゃない。お父様だって、心を痛めているに決まってる。その二人に、ありがとうございました、とお礼を言わなきゃ。

ダヴィデと結婚しなくていい。

それにどれだけほっとしたのか、ちゃんと伝えたい。

「ファビオ、わたし、今日はいったん戻るわ。なるべく早く、お礼のお手紙を送りたいから」

「うん、よろしく」

ファビオがすごい勢いでメモ用紙に何かを書きつけている。それをのぞきたい誘惑と戦って、ラウラはどうにか自分を抑えた。

「じゃあ、失礼するわね」

「あ。待って」

ファビオがラウラを引き寄せる。

「キスする時間はあるよ」

ちゅっ、と軽くキスされて、ラウラは幸せな気分になった。

どうして、とは思う。

恋人同士でもないのに、なんでキスをするんだろうか、と。

でも、聞かない。

キスをされた。嬉しい。幸せ。

それ以上のことは考えない。

「それじゃ、また明日…は無理かも。全部終わったら、ラウラのホテルに連絡するよ。そのときに来てくれる？」

「わかったわ」

ラウラはうなずいた。

どうやら、ラウラの考えている以上にいろいろ大変らしい。


でも、まさか、こんなことになるなんて思ってないわよっ！

母親からの手紙が届いて、まだ二日しかたっていないのに、ラウラは必要最低限の荷物を詰めたスーツケースを持って、国へ帰る列車に乗っていた。一等客室は快適だけれど、ホテルのような広さは望めない。

でも、別にかまわない。

だって、一人じゃないんだもの！

「別の日取りで盛大な結婚式をすることにしておきながら、そのはるか前にこっそり親族だけで結婚式を挙げるなんて、よっぽど誰にも知られたくないみたいだな。身内だけの結婚式が終わったら、二人そろって長期の新婚旅行に行くだろうから、その前につかまえないと」

おなじ客室内にいるファビオは目をきらきらさせて、そんなことを話している。この人が冒険活劇を書くのは当然だと、ラウラはすごく納得した。

謎を追うのが好きだし、母親の手紙を読んだ日以来、やることがたくさんあって、あまり眠ってないと言っていた。それなのに、すごく元気だ。あんまり無理はしないでほしいけど、こんなファビオも魅力的だから困る。

「ねえ、ファビオ。わたし、両親に連絡してないんだけど」

あまりにも急なことで、ホテルに伝言も残していない。荷物の残りは部屋に置いてあるし、宿泊費も払っているから、行方不明だと騒がれたりはしないだろうけど、もし、親から緊急の電話がきたらどうしよう。

電話は立ち聞きされると困るから（悲しいことに、使用人がお金のために情報を売ることはよくあるのだ）、よっぽどのことがないかぎり使わないようにはしているけれど、その、よっぽどのこと、が起こったら、ラウラがあの国にいないのがばれてしまう。

「しちゃだめ」

ファビオが、しーっ、と唇に指を当てた。

「着いたらすぐに結婚式へ向かわなきゃならないから、そもそも会える時間もないんだよね」

「え、そこまで時間がないの？」

まさか、列車から降りてすぐに結婚式へ向かうほどとは思ってなかった。

婚約破棄をしてすぐに結婚を発表するのは、別に変じゃない。婚約破棄の話題を消せるし、ダヴィデのほうには問題がないからすぐに結婚相手が見つかるんですよ、と世間に向かってアピールすることにもなる。

それもまた戦略のうちだ。

「そう、早すぎるよね」

ファビオがことことと笑う。最近は、よくこの笑い声を聞く。どうやら、気分が高揚しているときに出るらしい。

ラウラと初めて会ったときもこんなふうに笑ってたな、と思い出すと、それだけで幸せな気持ちになった。

もしかしたら、初対面でラウラのことを好きになってくれたんだろうか、なんて夢みたいなことを想像しているわけじゃなくて。

自分の本の読者に出会えて、ファビオの気分が高揚していたことが嬉しい。

「どうして、こんなに早いかというと…」

「婚約破棄なんかなんでもありません、うちの息子にはちゃんとお嫁さんがいます、ってみんなに知らしめたいからでしょ？」

さすがに早すぎる気はするけれど、鉄は熱いうちに打て、みたいなものだろうか。

「いや、たぶんちがう。っていうか、そうじゃないと計画が全部だめになるから、ちがっててほしい」

「え、確信はないの？」

「ない」

きっぱりと断言するファビオに、ラウラは驚いた。

「なのに、乗り込むの？」

「当たり前だよ。だって、ぼくの推理が当たってたら、ラウラの復讐ができる！」

「外れてたら……？」

こういう自信満々なときって外れそうな気しかしない。

「すみません、って謝って逃げる」

「ちょっと！　わたし、いま以上に評判が悪く…まあ、なってもいいか…」

地の底のもっと底になったところで、どうだっていい。

「大丈夫。ぼく、こういう勘は鋭いから。まかせて」

「あのね、ファビオ。たしかに、結婚式は早すぎるけど、いやな話題を打ち消すためにおめでたい話題を持ってくるのは普通のことなのよ？　だから、ダヴィデがシアと結婚するのも、別におかしなことじゃないの。それどころか、シアの一途《いちず》な想いが実ってよかったわね、とすら思うわ」

これは本音。

親同士が決めた結婚じゃなかったら、シアに譲ってあげたかった。幼いころからずっと好きだった人をだれかに取られるなんて、心が張り裂けんばかりにつらかっただろう。

シアがしたことを許したわけじゃない。たとえ、つらくても悲しくても、あきらめなければならないことはある。なのに、シアは力づくでダヴィデを奪い取った。そういった手段がラウラは好きではないし、あの光景を見た瞬間の心の傷は、いまだに生々しく残っている。

ダヴィデが好きじゃないならいいじゃない、とシアならしれっと言いそうだ。

たしかに、ダヴィデのことは好きじゃない。恋もしていない。

それでも、いったんは夫婦としてやっていこう、と決めた相手が、結婚前にだれかとそういう行為をしているところを目撃するのは、好きとか恋とかの問題じゃなくて、他人をもう信用できなくなるほどのできごとだった。

それをシアはわかっていない。ダヴィデもわかっていない。

…ああ、また、こんなことばかり考えて。

忘れたい。何もなかったことにしたい。

わたしが好きなのはファビオで、それ以外のことなんてどうでもいいはずなのに。こうやって、古傷がうずくたびに考えてしまう。

わたしって、いったいなんなんだろう。わたしの存在はだれかにとって価値があるものなのかしら、と。

「ラウラはいい子だね」

ファビオがラウラの頭をそっと撫でてくれた。

そうされると、ラウラの傷ついた心が少しだけ癒される。

好きな人に触れられる。

それは、こんなにも力になるのだ。

「そう？　そんなことないわよ。だって、なんだかんだ言っても、ファビオを止めてないんだし。もし、ファビオの予想が当たって、復讐がうまくいったら、ざまあみなさい、と思うかもしれないわ」

二人が幸せになってくれればいい。

これは本音。

わたしの悲しみや苦しみや悔しさを、嘘をついたりごまかしたりせずに、ちゃんと受け止めてほしい。

これも、また本音。

そういえば、ダヴィデとシアっていたわね。すっかり忘れてたわ。

そう思えるようになるまでは、心のどこかにトゲとして引っかかりつづけるのだろう。

「そのぐらいですませてあげるんだから、やっぱり、シアは本当にいい子だよ」

「ファビオがそう思ってくれるなら嬉しいわ」

ファビオがラウラを思い出すときに、いい子だったな、と覚えていてくれたらいい。

でも、そうじゃなくてもいい。どんなふうに思われてたっていい。

ファビオの記憶に残るだけで幸せ。

「しかし、本当にラウラの国は遠いな。列車で三日かかるとか、びっくりするよ」

「わたしとしては、乗り換えもせずに国に帰れることに驚いてるわ」

リゾート地へ逃げたときは、二度ほど列車を乗り換えた。乗り過ごさないかと心配で、あまり眠れなかったのを覚えている。

それなのに、国に帰るときは乗り換えしなくていい。なんて気楽！

「さて、ぼくはいろいろシミュレーションしなきゃならないから、ラウラの相手ができないけど平気？」

「ええ、平気よ。本をたくさん持ってきたから！」

家に帰れることが決まって、また本を楽しく読めるようになった。途中で止まっていたファビオの本もすでに二冊ほど読み終えている。シリーズはあと一冊。これは大事に読みたいから、ホテルに置いてきた。

今度はちょっとしっとりしたお話が読みたいな、と久しぶりに恋愛ものに挑戦中だ。いまのところ楽しく読めていて、本当に少しずつだけれど前に進めてるんだな、と嬉しくなる。これもすべて、ファビオのおかげだ。

「そっか。ラウラは本があればいいんだもんね」

「うん。退屈しないから大丈夫。ファビオは無理しないでね？　復讐とか、別にしなくてもいいのよ？」

それも、ラウラのために。

「いや、する。ラウラが傷つけられたんだから、絶対にする」

「…ありがとう」

ファビオは紳士だから、ラウラの話を聞いてダヴィデとシアを許せなくなっただけ。わたしのことが好きとか、そんなわけがない。

そう自分に言い聞かせてないと、かんちがいしてしまいそうになる。

もしかしたら、ファビオはわたしのことを特別だと思ってくれてるんじゃないか、と。

ちがうとわかっているのに。

「ラウラ、おいで」

手招きされて、ラウラはファビオのそばにいく。

「どうしたの？」

「どうもしないよ」

ファビオはラウラを抱き寄せて唇を重ねた。

「ただ、キスしたくなっただけ」

ラウラの頬が赤く染まる。

こんなことされて、かんちがいしちゃだめ、って自分に言い聞かせるのは、結構大変なんだけど！　だって、まるで恋人みたいじゃない！

もう、本当にどうしよう…。

「着いたー！」

ファビオは列車から降りると、うーん、と伸びをした。ちょうど夜が明けたばかりで、空気は少しひんやりしている。

「三日も列車にいると、大地ってありがたいよね」

「そうね。揺れないし」

列車の旅は快適だったし、ずっとファビオと一緒だったのでまったく退屈はしなかったけれど、三日も乗りつづけているとさすがに体がおかしな感じになる。なので、足が固い地面を踏みしめていることに、すごくほっとした。

「で、ここはどこ？」

ラウラの家から一番近い駅じゃないことはたしかだ。がらん、としていて、乗り降りする人もそんなにいない。

「ラウラが見つかるとまずいから、あまり乗客がいない駅を選んだんだよ」

「え、でも、ここからどうするの？」

がらんと寂《さび》れた駅には、車は当然のこと、田舎ではいまも普通に使われている馬車もいない。

移動手段はどうするんだろう。

「車で結婚式場に向かうよ」

「その車は……」

「おーい」

くるんくるんの髪に不精ひげを生やした、むさ苦しいと言ったら失礼だけれど、それ以外の表現方法がない年齢不詳の男が現れた。

「早くしないと間に合わないぞ！」

「あ、ラウラ、こいつはハンス。隣国の住人で、いろいろ手伝ってくれてるんだ」

「そんなあいさつは車の中でいいから！」

ハンスに急《せ》かされて、ファビオとラウラは急いで駅を出ると、停《と》めてあった車に乗り込んだ。

外観は結構ぼろぼろで、この車で大丈夫なのかしら、とラウラは心配になる。中はまあまあきれいで、そこはちょっと安心した。

「よし、行くぞ！」

ハンスが車を出す。見かけの古さからは予想できないほど力強いエンジン音がした。これなら大丈夫そうだ。

「どのくらいかかる？」

「半日ってところかな」

車で半日ということは、かなり遠い。せっかく列車から降りられたのに、これからまた半日も車で揺られるのか。

　でも文句を言うつもりはない。ファビオもハンスも、ラウラのためにがんばってくれているのだから。

「ラウラはまず、その髪を隠すためにスカーフを頭に巻こう」

「え、いまから？」

「だって、もうラウラの国だよ？　どこに知り合いがいるかわからないし」

　なるほど。たしかにそうだ。

「ハンス、スカーフと眼鏡は？」

「その辺のどっかにある」

「どっか…ラウラも探して」

　そう言われて、ラウラは後部座席を探してみるけれど、特に何も見つからない。だいたい、物がほとんどないのだ。

「足元だぞ」

「先に言えよ」

　ファビオがかがんで、紙の袋を取り出した。中にはスカーフが何枚かと眼鏡が入ってる。

「どのスカーフがいいだろう。派手なのと地味なの、どっちが目立たないと思う？」

「おまえ、バカだろ。地味なほうが目立たないに決まってないか」

「いや、ラウラの顔が」

「ああ、そういうことね」

ファビオとハンスはとても仲がいいのだろう。遠慮なく話し合っている様子が微笑ましい。

「んー、全部かぶってみれば？」

「そうしよう。時間はたっぷりあるし」

ファビオはラウラにスカーフをすべて試させた。その結果、柄があって派手な色じゃないのがいい、とのことで、ブラウンに小花をあしらったスカーフに決まった。

「眼鏡は度が入ってないから。ちょっとかけてみて」

ラウラは眼鏡をかけてみた。すぐに、眼鏡がずり落ちる。

「大きいな。貸して」

ファビオがラウラの眼鏡を取ってくれた。そんなことにすら、どきん、としてしまう。

ファビオにとってはなんの意味もないのに。

「工具ってあるんだっけ？」

「足元に」

「なんでも足元にあるんだな。便利でいいけどさ」

「まあな」

二人は笑い合う。

うん、友達って感じがして、すごくいい。そうか、友達ってこんなんなんだ。わたしも欲しかったな。だれかと、こんなふうに笑い合いたかった。

いまとなっては、絶対に叶わない夢だけど。

ファビオが工具箱から小さな何かを取り出して、眼鏡をいじっている。

「はい、これでたぶん大丈夫」

しばらくして渡された眼鏡は、まだ少し大きいものの、ずり落ちたりはしない。

「ファビオってすごいのね」

ラウラは感心した。

「なんでもできちゃう！」

「昔から手先が器用なだけだよ。で、どうだ、ハンス。ラウラってわかるか？」

「いや、わからない。これなら大丈夫。そっか。髪を隠して眼鏡かけただけで、印象って変わるもんなんだな。俺も変装するときは参考にしよう」

ハンスは、うんうん、とうなずいている。変装するような職業って、いったいなんなんだろう。

「あの…このたびはありがとうございます」

ラウラはとりあえずお礼を、とハンスに頭を下げた。わざわざ隣国からやってきて、ラウラの件やその他いろいろなことを調べてくれたのだ。

「いえいえ、ラウラさんにお礼を言われることはないですよ。ファビオがたんまりと金を払ってくれてるんで」

「え、お金？」

ラウラは驚いてファビオを見た。ファビオは肩をすくめる。

「だって、こいつ、職業が調査屋だし。タダで動くわけがない」

「当たり前だろ。俺みたいな凄腕《すごうで》が、なんで安売りしなくちゃならないんだ」

「友達価格って知ってるか？」

「俺はおまえみたいに学がないから、そんな言葉を知らない。あと、値切るような友達はいらん」

ラウラは一瞬あっけにとられてから、ぷっと笑いだした。

そうか、仲良しってこんなふうに好き勝手なことを言えるんだ。友達って、こんなにいいものなんだ。

うらやましくて、そして、そういう相手が一人もいなかった自分がなんだかみじめで、少し泣きそうになる。

「ほら、笑われてるぞ」

「ぼくじゃない。ハンスが笑われてるんだ」

「ちがう。絶対におまえだ。俺は今日初めて会ったんだし、笑われることなんて何もない」

もうだめだ。本当におかしい。二人の言い合いをずっと聞いていたい。

「どっちが、じゃないんです」

ラウラは笑いださないようにしながら、慎重に言葉をつむいだ。

「お二人の会話がおもしろくて。友達っていいな、って思ってたんです」

「友達⁉」

二人の声が重なった。それすらもおかしい。

「商売仲間って言ってほしい」

「そうそう、友達なんかじゃない」

否定すればするほど友達っぽく見えてくる。

「まあ、そんなことはどうでもいい。ラウラさんの変装が終わったから、打ち合わせを始めようか」

ハンスが話を切り替えた。

「あの…！」

ラウラは口を挟む。

「ラウラさんって呼ばれるのはいやなので、呼び捨てでお願いします」

「え、でも…」

ハンスが戸惑っている。ファビオがのんびりとした口調で告げた。

「いいんじゃない？　ラウラがそうしてほしいんだし」

「あ、じゃあ、ラウラでいかせていただきます」

「はい、お願いします」

口調が丁寧なのは、ラウラだってそうだからいい。でも、ラウラさんって呼ばれると他人行儀な気がするのだ。

他人だし、友達でもなんでもないいんだけど。それでも、仲間っぽくしていたい。

「わたしもハンスって呼びます」

「俺のことはなんとでも呼んでください」

「さーて、くだらない呼び名問題が解決したところで、ぼくが列車に乗っている間に何が起こったか教えてくれるかな」

くだらない、と言われても、まったくいやな気持ちはしない。むしろ、心が軽くなる。

ファビオのこういうところはすごい。

「特に動きはない。結婚式が終わったらすぐに列車に乗れるように、郊外の教会でやるのは変わらないようだ。親戚連中がそこに集まってきている」

「そういった動きは、周囲にはばれてないのか？」

「架空の結婚式の招待状が、友人知人たちには送られてるからな。招待客はドレスを選んだり、贈り物を探したりでばたばたしてる。だれも両家の動きに気づいてはいない」

「なるほど。うまくやったものだ」

ファビオは、うんうん、とうなずいている。

「じゃあ、だれも教会からいなくなる夜にこっそり親族だけで結婚式を挙げて、そのまま夜行列車で新婚旅行という名の長旅に出るのか。隠したいことがあると、いろいろ大変だな。シアなんて、みんなに祝われて盛大に結婚式を挙げたかっただろうに」

「そこは、本人も納得ずみだろうよ」

ハンスが肩をすくめた。

「じゃあ、やっぱり…」

「あ、そうか。その報告はしてなかったか。確認がとれた。シアは妊娠している」

「えええええええええええ！」

ラウラは思わず大きな声を出す。

「シアは赤ちゃんがいるの⁉」

「それ以外に、こんなに急に結婚式を挙げる理由がないんだよね」

ファビオはラウラに話しかけるときは口調がやわらかい。ハンスほど気を許してもらってないんだな、なんて、ちょっと悲しんでいる場合じゃない！

シアが妊娠してるの⁉

「二人が婚前交渉をした証拠になるわね…」

「そういうこと。これからラウラの汚名を返上するために、結婚式に乗り込むよ！　絶対に認めさせるから、安心して」

ファビオの声が弾んだ。どうやら、楽しみにしているらしい。

「え…でも…」

「ラウラは何もしなくていいから。ぼくにまかせて」

そうしたいけど、でも…。

どうしよう。

自分の気持ちがわからない。

…わたし、いったい何をしたいんだろう。

第七章

「着いたぞ」

　途中で何度か休憩を挟みつつ、見知らぬ寂れた郊外へとやってきた。目の前には小さな教会がある。すでに日が暮れているのに教会には煌々《こうこう》と明かりがついていて、中には人がたくさんいる様子だ。

　周囲には何もないので、その明るさが異様に感じられる。

「ありがと。ハンスも参加するか？」

「いや、俺は疲れたから、車で寝てる。ちょっと仮眠を取らないと帰りがもたない」

「帰りはぼくが運転しようか？」

　ファビオが申し出た。

「いや、いい。どうせ、おまえ、このところずっと寝てないだろ。全部終わって、ほっとして、急に眠気に襲われて、事故を起こされても困る。俺は少し眠っておくから、好きにやってこい」

言うなり、ハンスは運転席を倒して、すぐにいびきをかき始めた。あまりにも早い寝つきに、ラウラは驚く。

「ハンス、疲れていたのね。わたし、ずっと眠ってて、なんだか申し訳ないわ」

ハンスの運転がとても上手で、本を読もうとしていたのに、うつらうつらして、いつの間にかファビオにもたれかかって寝てしまっていた。ラウラが起きていたところで、運転ができるわけでもないんだけれど。

わたしって役立たずね…。

「いいんだよ。ぼくにもたれてるラウラの寝顔はかわいかったし」

「やだ！　見てたの？」

「たまに、ちらっと。ラウラの平和な寝顔に癒されて、ペンが進んだよ」

ファビオはにっこりと笑った。

「え、新しいシリーズを書き始めたの⁉」

ラウラはぴょんと飛び上がる。ファビオと出会ったリゾート地へは、新しい本の構想をしにやってきた、と言っていたけれど、ラウラと一緒に過ごしている間、何かを書いている様子はなかった。新しい物語が生みだされるのなら、ファンとして嬉しい。わたし、邪魔をしてるんじゃないかしら、と心配していた身としてはほっとする。

「ちがうよ」

ファビオは肩をすくめる。

「ちょっと別のものをね」

なーんだ、と思ったけれど、ファビオ・ジラルドーニの冒険譚シリーズとはまたちがったものが読めるのなら、それも楽しそうだ。

「さ、ラウラ行こうか」

ファビオは腕を差し出した。ラウラは緊張しながら、そこに腕を絡める。

一緒に教会の中に入って。そのあとは、ぼくがどうにかするから。

それだけしか聞いていない。

ファビオが何をするつもりなのかわからないのも怖いし、何よりも、ダヴィデとシアの幸せそうな姿を見るのが怖い。

二人が結婚することはよかったと心から思っている。赤ちゃんができたことも祝福している。

でも、実際に幸せそうな二人を見たら、また傷つくのかもしれない。

わたしを苦しめて幸せになったのね。

そんなふうに思いたくはないのに、自分の心が闇に包まれていくような気がしてしょうがない。

そんなのはいや。

もう忘れたい。

ダヴィデと結婚したくない。

それを強く望んだのはラウラだ。ダヴィデがシアと結婚したことで、その願いは叶った。

だから、おめでとう、と思っていたい。

「ラウラ」

組んだ腕を、ファビオがぽんぽんと叩いた。

「ぼくがいるから」

たったそれだけ。その一言だけ。

それなのに、ラウラの不安や怖さが、すーっと消えた。好きな人の言葉には力がある。それを実感する。

「ファビオ」

「ん？」

「わたし、全部忘れたい。このまま帰らない？」

見たくないものは見なくてもいい。遠くから幸せを祈っていればいい。

「だめ」

なのに、ファビオは却下する。

「忘れるために中に入るんだよ。ぼくが忘れさせてあげるから。ね？」

顔をのぞき込まれて、ラウラはうなずいた。

たしかにそうだ。このままだと、ずっと心のどこかにダヴィデとシアのことが引っかかりつづけるだろう。

ラウラはかすかに震える足を踏み出した。

もう引き返せない。


「すみません、遅れました！」

ファビオが堂々と教会の中に入っていく。結婚式に参列するには地味な服装だけれど、あいつらのために礼服を着てやりたくない、というファビオの意思が嬉しい。

ラウラは頭にスカーフを巻いて眼鏡をかけているが、ばれないように少しうつむいていた。

「やあやあ、あなたが新郎ですか！　はじめまして！」

ファビオはズカズカと祭壇に近づいていった。祭壇の前で向かい合っているダヴィデとシアは驚いたようにファビオを見る。

「あなたは…？」

ダヴィデが声をかけてきた。

なつかしい声。たくさんたくさん話した。それでも心は通じ合わなくて、結局こんなことになってしまった。

「シアのまたいとこです」

ファビオはすらすらと嘘をつく。

「え…そうなんですか？」

シアが小さな声でつぶやいた。どうしたんだろう。すごく不安そうだ。いつも自信満々で意地悪な態度だったから、意外に感じる。

「ええ！　うちの親が出席できないので、おまえがかわりに行ってこいと言われましてね。ところで、結婚以外にもおめでたいことがあるそうで。ご懐妊なさってるんですってね！　二重におめでとうございます！」

え、嘘だろ。

懐妊って本当なのか…？

あなた、知ってた？

そんなささやき声があちこちでする。どうやら、だれもシアが妊娠している事実を知らなかったらしい。たしかに、ラウラのうつむけた視界に入るシアの体はほっそりしていて、子供がおなかにいるとは思えない。まだ妊娠の初期段階なのだろう。

「おかしなことを言わないでちょうだい！」

あ…この声は…。

ラウラはぎゅっとファビオの腕をつかんだ。しばらく聞いてなくても、すぐに拒否反応が出る。

ラウラに意地悪ばかりしていたダヴィデの母親だ。

「え、おかしなことじゃないですよ。シアが通っている病院はうちの親が紹介したんです。口が固くて家から遠い病院を教えてくれって言われたので…ああ、内緒だったんですね！」

うわー、わざとらしい。

ラウラは吹き出しそうになった。

こういった作り話をとっさにできるところは、さすが作家だけある。

「シア、あなた、こんな口の軽い人に頼んだの⁉」

ダヴィデの母親は激昂《げきこう》している。自分がいったい何を言ったのか、たぶん、まだわかっていない。

だって、これは認めたということ。

「え…わたしはただ…母に連れていかれただけで…だれに紹介されたとか…」

シアの声が細い。ダヴィデの母親を恐れているとかじゃなくて、具合が悪そうな感じがする。

「まあまあ、いいじゃないですか」

ファビオがラウラの手をそっと離すと、ダヴィデの母親に近づいた。

「おめでたいことなんですし、少しぐらいの順番ちがいはね。どうせ、このあと、子供が生まれるまで国から離れるんですから、新婚旅行で授かったと周りは思ってくれますよ」

そう言って、ダヴィデの母親の肩をぽんぽんと叩いている。

え、すごい…。

ラウラは感心した。

あの人にこんなに気安く接することができるなんて。

「まあ…それは…」

ダヴィデの母親も、なぜかファビオの勢いにのまれている。

「そうなんですよね？　先に妊娠したという事実を隠すために、これから一年以上、二人は戻らないんでしょう？」

「ええ、そうよ。本当は家族だけで結婚式をしようと思っていたけれど、やはり、長期間いなくなるんだから、みなさんにごあいさつをしておかないと、と思い直したの。順番が逆になってしまっただけで、おめでたいことですからね」

おめでたいこと、をダヴィデの母親は強調した。

「おめでたいことですが、ラウラさんとの婚約破棄騒動の最中にシアが妊娠したとなると、世間からの風当たりは強くなりますからね。やっぱり、あの噂は本当だったのか、と。それは避けたいでしょう」

「あの小娘の言うことなんて、だれも信じてないわ。それなのに、こちらから不利な材料を出すのはばかばかしいもの」

「いまはまだ、ですよね」

ファビオがにっこりと笑う。

「いまはまだ、だれもラウラさんの言うことを信じてないですけれど、これが公表されたらラウラさんの味方が多くなる。だから、ここだけの話にしないといけません」

「もちろんよ！」

ダヴィデの母親は大きな声で賛同した。

「みなさん、聡明《そうめい》なシアのまたいとこの話を聞いていたでしょう？　これが世間に知られたら、ブルーナ家とキャンティ家は批判を浴びます。なので、絶対に口外しないでください。わかりましたね！」

ブルーナ家の当主よりも強いダヴィデの母親の言うことを聞かない人なんていない。参列している全員が、うんうん、とうなずいている。

「ところで、婚約中にダヴィデがシアと浮気したというのは本当なんですか？」

「本当よ」

ダヴィデの母親が苦虫を噛みつぶしたような表情を浮かべた。

「嘘だったら、あんなに争わなくてすんだのに。すっかりブルーナ家がゴシップの中心になってしまって、恥ずかしいったらないわ。その最中にシアが妊娠したものだから、これはまずいと焦って、おたがいが悪いという条件で婚約破棄をすることになってしまったのよ。そのおかげで、キャンティ家なんかに婿養子にいくことになって…。ああ、もう、こんなバカにだれが育てたのかしら」

あなたじゃないの？　と冷静につっこみたくなる。そして、いかにも味方です、みたいなふりをして相手の話を聞きだすファビオの話術に大きな拍手をしたくなった。

「二人の行為を知ったときは青ざめたでしょうね」

「青ざめたどころじゃないわ。倒れたわよ。まさか、そんなことをするとは思ってなかったし、お金しかないくせに強気なバカ家族は婚約破棄をしようと乗り込んでくるし、本当に大変だったわ」

ラウラは、ぎゅっと手を握り込む。

怒らない。この人はいつも、こんな言い方をして、ラウラを傷つけてきた。いまはファビオが、がんばっているのだ。

その邪魔をしちゃいけない。

「夫の浮気ごときで騒がれたらたまらないわよ。なのに、あのバカ家族は、うちの娘は傷ついている、うちの娘に落ち度はない、裁判で争ってもいい、そちらにお金はありますか？　うちにはたくさんあります、って、お金の話ばっかり！」

ちがう。両親はラウラを守ろうとしてくれたのだ。裁判をするにはお金がかかる。その費用を払えないなら、そちらが悪いと認めてください、とがんばってくれたのだ。

ああ、家族に会いたい。

もう、ブルーナ家もキャンティ家もすべて忘れて、いますぐ家に帰りたい。

「つまり、息子さんがラウラさんと婚約している身でありながらシアと肉体関係を結んで、その現場をラウラさんに見られて、ラウラさんが婚約破棄を申し出た、と」

「そうよ！　おかしいでしょう！」

「いいえ、全然」

ファビオの声が低くなった。

「それは、ラウラさんのほうが正しくないですか？　結婚して愛情が冷めたあとならまだしも、これから結婚する相手が自分以外と肉体関係を持つなんて、自分がされたらどう思います？」

ダヴィデの母親は黙っている。

「ラウラさんとの婚約破棄で争っている間も、ダヴィデさんとシアは自重することなく獣のように交わりつづけて妊娠してしまった。それを知ったとき、あなたはもっと驚いたでしょう。シアが妊娠している姿を見られたら、だれだってダヴィデの子だとわかってしまう。だから、それまでかたくなに拒んでいたのに、慌てて、おたがいが悪い、ということにして婚約破棄をすることに決めた。それと同時にダヴィデさんとシアの結婚発表をした。偽の結婚式の日を作って世間の目をそらしてまで、ここでこそこそと結婚式を挙げた。それも全部、自分たちが悪いとわかってるからですよね？」

「あなた…だれ？」

シアが割り込んできた。

「わたし、たしかに親戚はたくさんいるし、またいとことなると膨大な数になるから把握できていないけれど、それでも断言できる。わたしはあなたを知らないわ」

「どうして？　シア、ぼくだよ？」

「うちの家系に、そこまで筋道立てて推理できるほど頭のいい人なんていないもの」

シアの言葉に、ラウラは思わず吹き出しそうになる。

とても正直だけど、参列している親戚に喧嘩《けんか》を売っている。シアはいつも物怖《ものお》じしなくて、意思をしっかり持っていて、他人の感情なんて気にしていなかった。

いかにもシアらしい言葉だ。

「ばれた？」

ファビオはことことと笑った。

あ、楽しんでる。

こんな状況でも、ファビオがそうやって笑ってくれることが嬉しい。

「ぼくの名前は、ファビオ・ジラルドーニ」

しーん。だれからも何の反応もない。ファビオは驚いたように周囲を見回している。

むだよ、とラウラは心の中でつぶやいた。

上流階級の人たちがいま流行りの冒険活劇なんて読むわけがないもの。読書だってしないわ。教養として古典の有名な作品をいくつか知っているぐらい。ファビオの名前なんて知らなくても当然。

「え、あなたたち、ぼくを知らないの？」

ひそひそと隣の人たちと話し始めた参列者の顔には、知らないといけないのか、という戸惑いがはっきりと表れていた。

「へー」

ファビオが腕を組む。

「なるほど。世の中にぼくを知らない人がまだまだいるんだね。どこに行っても、ジラルドーニ様！　って言われるからかんちがいしてた。まあ、いい。自己紹介から始めよう」

ファビオは両手を広げた。全員が一斉にファビオに注目する。

空気をつかむのがうまいのね、とラウラは感心してしまった。たったひとつの動作で、全員に注目されている。

「ぼくは世界でも名だたる作家で、世界中に読者がいる。いま一番人気があるといっても過言じゃない」

たしかに過言じゃないけど、本人が言うのはどうかと思うわ。

「そんなぼくは、小説だけじゃなくて、ヨーロッパ中で読まれている新聞にコラムを書いている」

「え…」

ラウラは思わず小さく声を出してしまった。ずっと黙っているように言われたのに。

だって、知らなかったんだもの！　ファビオのコラムは読んでみたいわ！

ファビオが目で、黙って、と合図してきた。ラウラはこくりとうなずく。

「それは、ぼくが取材して知った、不思議だったり、すかっとしたり、どんよりしたりする真実のお話だ。小説には使えないけど、だれかに聞いてほしいもの」

「ああ、『ファビオ・ジラルドーニのこぼれ話』の人か！」

参列者の一人が声をあげた。

「そうです！」

何それ…？　知らないわ。わたし、新聞はほとんど読まないのよね。ゴシップ欄に自分の名前を見るのがいやで封印してしまった。特に、婚約破棄の件が起こってからは一切目にしていない。

でも、ファビオの記事があるんだったら読めばよかったわ。きっと、小説とおなじぐらいおもしろいもの。

「あれはいいな。毎週、楽しみにしているんだ」

「ありがとうございます」

ああ、あの…、という声があちこちからしているので、どうやら、ファビオのコラムも人気のようだ。

「そのコラムで今回の件を取り上げようと思うので、楽しみにしていてください。婚約破棄まで追いつめられたかわいそうな女性は読者受けがいいんです。ですから、ラウラさんの視点から書きますね」

えっ…！

叫びそうになって、ラウラは慌てて声をのみ込んだ。

そんなの困るわ！　全世界にわたしのみじめな境遇がばれてしまう！

「こぼれ話の登場人物は実名をちょっともじっただけですので、わかる人にはわかるでしょう。楽しいお話が聞けてよかったです、自分のしたことは自分に返ってくるんですよ。ダヴィデさん、反省してくださいね」

ファビオはにっこり笑いながら、そう告げる。でも、声にやわらかさがない。

ファビオは怒っているのだ。

自分の推理が当たっていたことに。ダヴィデの行動に。

それが、いまようやく理解できた。

ラウラのかわりに、ぼくがすべてやってあげるよ。

それも怒っていたから。

何のために？

…ラウラのために。

どうしよう。嬉しい。

本当に本当に嬉しい。

「それでは、新聞に載るのを楽しみにしていてください」

「ラウラは！」

シアの力強い声がした。

「性格が悪くて、冷酷で、計算高くて、みんなにきらわれているわ！　だから、あなたが何を書こうとも、だれも信じない！」

ぐっと足に力を入れていないと、その場に崩れ落ちてしまいそうになる。

自分の悪口をこんなふうに聞くことになるなんて。こそこそとじゃなくて、堂々と口にされると、こんなにも傷つくものなのだ。

「それを覆《くつがえ》すのが、ぼくの役割です。ラウラはとてもいい子だ。あんなに純粋な子は見たことがない。あなただって、それを知っているはずだ。もし、あなたが言うとおり、ラウラが計算高いとしたら、あなたたちが破廉恥《はれんち》きわまりない行為をしていたところを見せられても、高らかに笑って、わたしのかわりに婚約者を楽しませてくれてありがとう、と言ったことでしょう。なのに、彼女は深く傷ついて、婚約破棄をしようとした。それだけダヴィデのことを信頼していて、未来をともに過ごそうとしていたんだ。だから、ぼくはそれを書く。あなたたち全員を許さない」

「やめてっ……！」

シアは叫ぶ。

「たしかに、わたしはラウラの純粋さを知っているわ。それを利用したの。なんでも認める。謝れって言うなら謝るわ。でも、書かないで。わたしのおなかの中にいる子には、なんの罪もないのよ……！」

「ラウラになんの罪があったんだい？」

ファビオは冷たく言い放った。

「きみにそんなひどいことをされる、いったい、なんの罪があった？」

「ダヴィデを盗《と》ろうとしたからよっ！　わたしのものなのっ！　わたしがっ……ずっと好きで……それなのに……」

シアは涙声になっている。

「ところで、ダヴィデは何も言ってないし、バカみたいな顔でぼーっと突っ立ってるけど、何か言い分はないのか」

「シアのおなかにいるのはぼくの子だから、シアと二人で大切に育てるよ。それ以外のことはどうでもいい」

ダヴィデののんびりした声。周りがどんなにギスギスしていても、それに流されずに、いつも穏やかだった。

そういうところに好意を抱いた。

いまも、なんで、そんなことで騒いでるんだろうね、という表情を浮かべているにちがいない。

「ラウラとシア、どっちが好きだった？」

「好き？　そういう感情は、ぼくにはないよ。ただ、どっちが大事かって言われたら、シアだね」

きっぱりとした言葉。それに、なぜか、ラウラはほっとしている。

少なくとも、シアを大事には思っていた。

それがわかればいい。

「自分の子供を産むから？」

「そうじゃなくて、ずっと前から。幼なじみとしてともに長い時間を過ごしてきたし、よく知っている。どっちが大事かって問われたら、答えはシアになるね。でも、ラウラのこともいい子だと思ってるよ。噂とちがって、純粋で頭がよくて楽しくて。ラウラと結婚するのもいいな、と考えてた」

シアとダヴィデが口にした、純粋という言葉。

もう、それだけでいい。

そういった部分を利用されたのだとしても、わたしのことを冷淡だと思わない人がこの国に家族以外で二人もいる。

そのことが本当に嬉しい。

「シアと性行為をしたのに？」

「男だからね。女性が裸で誘惑してきたら、抗《あらが》えない。あと、シアがそこまで一生懸命なことにちょっと感動したのも事実だよ」

そうか。流されただけじゃなかったのか。

ラウラはほっとした。

もし、ただ流されて、子供ができたから結婚したのだとしたら、シアがあまりにも気の毒だと思っていた。

でも、ちがった。

大事なのはシア。

そうはっきり言ってもらって、きっと、いまシアは幸せにちがいない。

「コラムだっけ？　それには好きなように書いてくれていい。ぼくは、ラウラに見られた瞬間に、すべてが終わるってわかってた。だから、開き直ったよ。ラウラにひどいことをたくさん言ったけど、すべてが本心じゃなかった。あのときは、ぼくも焦っていたし、自分が悪くないと思いたかったんだ。でも、そのあとで深く反省したよ。ラウラに伝える手段はないけどね。ぼくが全部悪いことにして婚約破棄をしてあげてほしい、とも願っていた。きみは信じないだろうけど、ぼくはぼくなりに、ラウラに好意を抱いていたんだよ」

うん、知ってる。わかってる。

二人でいろいろなことを話した。楽しいと思った。そのときの気持ちはもう二度と戻ってこないけれど、恋じゃなくても、おたがいに好意を持っていた。

それは疑っていない。

そのことを、こうやって聞けてよかった。

あのときの言葉がすべて本当じゃなかったと言われて救われた。

反省したと聞いて、ああ、やっぱり、悪い人じゃなかった、と嬉しかった。

だって、これからお父さんになるのだ。

シアのおなかの中にいる子供には、愛情豊かな両親がついていてほしい。

「冗談じゃないわよっ！」

この叫び声は、当然、ダヴィデの母親のもの。いままでよく黙っていたわね、とちょっと感心する。

「そんなもの書かせるものですかっ！　あなたがここにいることを知っている人なんて、どうせいないんでしょ？　だったら…」

ばたん。

そんな音がした。ラウラが視線を向けると、シアが床に倒れていた。

「シア！」

ラウラは慌てて、シアに駆け寄る。

「どうしたの？　大丈夫？」

シアは青ざめている。呼吸も浅い。

「お医者様を！」

ラウラは声高にそう告げた。教会内が騒然として、だれかが外へ出て行く。

「ラウラ…？」

シアの目がうっすらと開いた。

「ええ、そうよ」

「そんな格好をしていても美人ね…」

シアが少しだけ笑う。美人と言われるのはいやだったはずなのに、そうでもない。むしろ、誉めてくれてありがとう、とまで思う。

「謝りたかったの…。親になるのに、だれかを傷つけたままでいいのかしら、ってずっと思ってて…。本当にごめんね。わたし、ラウラのこと、ちょっと好きだった。わたしからダヴィデを盗るいやな女だって思おうとしたけど、ラウラが本のお話をしてるときのきらきらした表情を、美人よりもかわいいと思ってたわ…。お友達になれたらよかったね…。ごめんね…」

「わたしも…わたしもシアのこと好きよっ！」

ラウラはシアの手をぎゅっと握った。

「一生懸命、ダヴィデに恋をしているシアをかわいいと思ってた。譲ってあげたい、と本当に思ってたの。でも…わたしたちの立場じゃ…」

「ええ、わかってるわ…」

シアがぎゅっと手を握り返してくる。

「わたしを許してくれなくていい。ただ、わたしの子供は恨まないでほしい…」

「シアのこともダヴィデのことも赤ちゃんも、みんなみんな許すわよっ！　ファビオにコラムも書かせない！　両方悪いから婚約破棄ってことで片がついたの。それ以上のことは、だれにも知られなくていいのよ！」

「ありがとう…」

シアの目が閉じていく。

「シア！　シア、しっかりして！」

「貧血よ…」

シアがかすかに笑った。

「妊娠すると、貧血になるんですって。今日はずっと具合が悪いの。だから、さっさと結婚式を終わらせたかったんだけど…あなたたちが乗り込んでくるから…」

　シアの顔色が紙のように白い。いくら貧血とはいえ、このままにしておくわけにはいかない。お医者さんはまだだろうか。

「シア…もうたぶん、二度と会うことはないだろうけど、わたし、あなたの幸せをずっと祈ってる。元気な赤ちゃんを産んでね！」

　ラウラはシアに未来を想像させるべく、そんなことを言った。これで少しは気力を持ってくれたらいいんだけど。

　シアはうっすらと目を開いた。

「わたし…死ぬの…？」

「死なないわよっ！　なに言ってるの！」

「だって、ラウラがこんなにやさしいんだもの。ねえ、ラウラ…わたしたち、こういう状況で出会わなかったら、お友達になれてたと思うわ…」

　ラウラの手を握ったシアの力がどんどん抜けていく。

「これからだってなれるわよ！　会えなくても、わたし、シアのことをお友達だと思って生きていくわ！」

「ふふ…ラウラは本当に純粋ね…。ありがとう。わたし…ちょっと眠るわ」

　シアの目がまた閉じた。顔色は相変わらず真っ白だ。

「ダヴィデ、何をしてるのよっ！　あなたの大事な人でしょ！　そばについてあげなさいよ！」

ラウラがわめくと、ダヴィデが飛んでくる。

「ごめん…どうしていいかわからなくて…。シアは大丈夫かな」

「大丈夫に決まってるでしょ！　貧血なだけよ！」

そうよね？　大丈夫よね？

「ラウラ、ごめんね」

ダヴィデはラウラをまっすぐに見た。

「きみのことを、たくさんたくさん傷つけた。でも、ラウラはぼくと結婚しなくてよかったと思う。こういうときにすら、だれかに命令されないと動けないんだ」

ダヴィデは自虐的につぶやく。

たしかにダヴィデはそんな人だ。でも、シアはそこも含めて好きになった。欠点にすら恋をした。

だったら、それでいいじゃない。

世界で一番あなたが好き、って言ってくれる子と結婚できるのよ。それが幸せじゃなくてなんなの。

「ぼくのことだけ恨んでほしい。シアと赤ちゃんは許してあげて」

二人とも似たようなことを言って。本当にお似合いよ。

「あなたのことも恨まない。わたしは、あなたのお母様以外、だれも恨まないわ」

ダヴィデにだけ聞こえるように、こっそりと告げた。ダヴィデがくすりと笑う。

「そういう楽しいところ、すごく好きだったよ。ラウラ、もう行ったほうがいい。いま、お母様は混乱しているけれど、立ち直ったら…」

「そうね。わたしたち、ここに閉じ込められて殺されるかもしれないわ」

ブルーナ家の名誉を守るためなら、彼女は何でもするだろう。

「シアは大丈夫。ぼくが守るから」

「うん、守ってあげてね。わたしの大事なお友達だから」

また会うことはないけれど。

それでも、お友達。

「ファビオ！」

ラウラは立ち上がって、ファビオを呼んだ。ファビオはというと、ダヴィデの母親と何か話している。ダヴィデの母親が真っ青になっているのはどうしてだろう。

「ん？　終わった？」

「逃げるわよ！」

「はーい」

ファビオはのんびりと答えると、ラウラの手を取った。シアの冷たい手とはちがう、大きくて温かい手。

「じゃあ、走るか」

「うん！」

ファビオとラウラは並んで教会の真ん中の道を走り出した。途中でなんだかおかしくなって、大きな声で笑う。

二人で走りながら笑った。

おかしくて、おかしくて、しょうがなかった。


「さて、どうする？」

仮眠から即座に目覚めたハンスは、ダヴィデに聞いた。

「ラウラを家に送り届けて、ファビオを駅に送ろうか？」

「ラウラはどうしたい？」

「わたしがどうしたいのか……？」

ラウラは考え込む。

「おうちに帰る？　家族に会いたいんじゃない？」

「会いたいけど…」

ラウラはますます考え込んでしまう。

「でも、どうして戻ってきたのか話さないといけないし、わたし、嘘をつきたくないから本当のこと言っちゃうし、そうしたらシアとの約束を守れなくなるから、おうちには帰らない」

両親に会いたい。妹たちと弟に会いたい。みんなとたくさんしゃべりたい。自分の部屋でゆっくり過ごしたい。

そういう気持ちはあるけれど、どうしてここにいるのか、その説明はできない。

シアとダヴィデの件は秘密にする。

そう約束した。

ラウラはその約束を絶対に守る。

「あ、ファビオ、あの二人のことコラムに書いちゃだめよ?」

「うん、わかってる。ラウラが許したから、ぼくも許すよ。ラウラは本当にいい子だね。あのくそばばあを脅しながら、ぼく、涙が出そうになってた」

「脅す?」

くそばばあ、なんて言葉づかいはだめよ、なんて聖人めいたことは言いたくない。だって、あの人は本当にくそばばあなんだもの。

「ぼく、調べるときは徹底してるから。ちょっとね、あのくそばばあが表に出したくないことをいくつか見つけたもので。これ以上、ラウラとピコット家に何かしたらそれを発表するよ、って脅しておいた」

ああ、だから、あの人が青ざめていたのか。その場に立ち会って、そのいきさつを見守りたかった。

でも、あの人がわたしの家族と関わらないなら、それでいい。

「ありがとう」

ラウラはファビオに頭を下げる。

「ただあの国のカフェで出会っただけのわたしに、こんなに親切にしてくれて。ファビオともお別れね」

そうか、お別れなのか。

自分で口にしておきながら、いままで実感してなかった。

でも、お別れなのだ。

ファビオはあの街でまだ取材をつづけるのだろう。一冊書き終わるまでその街から離れない、と言っていた。

わたしは、ダヴィデとシアの偽の結婚式が終わったら国に帰る。社交界から存在を抹殺されて、家から出ることもなくなる。

どこか遠くへ旅することは許されるだろうけれど、そのときに出会った場所へ戻ってみたところでファビオはいない。

どうしよう…。

ファビオにもう一生会えないなんて。

「お別れ？」

「ええ、お別れ。二人の偽の結婚式が終わったら、わたしは実家に戻って、あなたはいろんな街で楽しい冒険小説を書きつづけるの。あ、でも、本を読めば、ファビオに会えるわね」

ファビオの分身みたいな主人公。家に帰ったら、もう一度、最初から読み直そう。ファビオのことをたくさん思い出して、日記にでも書いておこう。

だって、人は忘れる。記憶は消える。

だったら、ファビオとの楽しい会話や、少し恥ずかしいけれど、した行為のすべてを書き留めておきたい。

人生に絶望していた異国の街で、すてきな出会いがあった。

処女じゃなくなって、恋もした。

そんなきらきらした思い出を残しておきたい。

「これからも、本をたくさん書いてね。わたし、全部読むから。あ、新聞のコラムもあるんだったわ！　読むのが楽しみ！」

ラウラはなるべく明るい声を出す。そうじゃないと泣いてしまいそうだから。

「ねえ、ラウラ」

「ん？」

「結婚しよう」

一瞬、何を言われたのかわからなかった。理解もできなかった。

結婚って何かしら？

そんなことも思った。

「ぼくと結婚しよう」

「……え？」

ラウラは目をぱちくりさせる。

もう一度言われても、やっぱりよくわからない。

この人は何を言っているんだろう。

「ぼくはラウラのことがとても好きだよ。そして、今日、教会でのラウラを見ていて、ああ、この子だ、って思った。ぼくが結婚するなら、この子しかいない、って。だから、ぼくと結婚しよう」

結婚？　結婚…。結婚！

もしかして、わたし、プロポーズされてる⁉

これは夢？　それとも現実？

もしかしたら、わたし、まだホテルにいるんじゃないかしら。ダヴィデとシアの結婚式になんか来てなくて、ベッドで夢を見ているの？

だって、そうじゃなきゃ、こんなこと言われるわけがない。

「ラウラ、聞いてる？」

「だって…」

あ、声が出た。言葉も出た。

「結婚しないって…。一人が気楽だって。独身がいいって。そう言ってたわ」

そうだ。ファビオは気軽な遊び相手しか探していない。ラウラが恋をしているとばれたら、離れられてしまう。

…でも、その何が悪いの？　好きです、と告げて、あ、ごめん、そういうのだめだから、と断られたところで、結果はおんなじだ。

もう二度と会えない。

その事実は変わらない。

「出会えたらわかる、ってずっと言われてたんだよ。結婚している友人たちから、出会ったら結婚する相手はわかる、って。そんなはずはない、ぼくは本を書いて気ままに一人で暮らしていくんだ、と毎回反論してたけど、ラウラに出会ってわかった。ああ、なるほど、こういうことなのか、って。ぼくはね、ラウラと会って、一目で恋をしたんだよ」

「嘘……よ……」

信じちゃだめ。

ファビオの言葉をやすやすと受け入れちゃだめ。

だって、そんなはずがない。

わたしが好きになった人がわたしを好きになってくれるなんて奇跡、起こるわけがない。

「でも、恋ならたくさんしてきた」

ほらね。わたしだって、その一人なだけ。

え、でも、恋はしてくれたんだ。片思いじゃなかったんだ。

それは、素直に嬉しい。

「いつかラウラも過去の思い出になるんだろうな、って最初は思ってた。でも、ちがった。ラウラみたいな子、ぼくは知らない。たくさん本を読んでて、話がおもしろくて、いくら一緒にいても飽きなくて、体の相性もいい。離れたくない、って思った」

わたしも。ずっとそう思ってた。

でも、何も言えない。

言葉にするのが怖い。

「離したくない、とも思った」

わたしも、わたしも、わたしもっ！

「だから、結婚しよう。ラウラが婚約破棄でだれとも結婚できないのって、申し込む人がいないからだよね？　法律で決まってることでもなんでもないよね？」

こくこくこく。

ラウラは大きくうなずく。

「じゃあ、ぼくと結婚しよう？　もう、何回プロポーズすればいいの？　せめて、返事ぐらい聞かせてよ」

「わたし…は…」

喉がカラカラだ。声がうまく出てこない。

わたし、すごく緊張してる。

「ファビオが好き…です…」

言えた。

ずっと言いたくて言えなかったこと。

ファビオが好き。ファビオに恋をしている。

それを、ようやく伝えられた。

「うん、知ってるよ」

ファビオがやさしく笑う。

「ラウラはすごく素直だからね。ぼくのことが大好きなことぐらいわかってた。ありがとう。

ぼくも大好きだよ」

嬉しい。

ファビオの言葉をどこかに記録しておきたいぐらい嬉しい。

「結婚って…」

ラウラはじっとファビオを見た。

「本気なの…？」

「本気じゃなきゃ、あんなに何度も申し込まないよ。ぼくと結婚しよう？」

ファビオが手を差し出す。

この手を取れば、ファビオと結婚できるんだろうか。

わたしは結婚してもいいの？

大好きな人と。

初恋の相手と。

処女を捧げた人と。

結婚できるの？

「わたし…」

そう口にしたら、涙がぽろりとこぼれた。

幸せになれるのかもしれない。

それは、自分の人生に起こると思ってもいなかった奇跡。

ああ、どうしよう。

わたし、泣くほど嬉しいんだわ！

「ファビオが大好き！」

ぎゅっとファビオの手をつかんだ。

「結婚してください！」

「うん、結婚しよう」

ファビオの顔が近づいてきて、そのまま唇が重なった。ちゅっ、ちゅっ、とついばむようなキスをする。

「舌入れたら、車から放り出すぞ！」

ハンスの声が聞こえてきて、ラウラは、ひっ、と小さく悲鳴をあげた。

そうだ、ハンスの存在を忘れてた！　わたし、人前でキスしてる！

「ハンス、ごめんなさいっ！」

ラウラはファビオを押し返した。ファビオがことことと笑う。

「ラウラは恥ずかしがりやだからね。あとは長い長い旅を経て、またあの国に戻ってからにしよう」

「一等客室でやれば？」

ハンスがからかう。

「婚約して初めての行為はロマンチックな感じがいいしね。一等客室とはいえ狭いベッドで、落ちそうになりながらするのはちょっと」

うんうんうん。

ラウラは心の中で何度もうなずいた。

客室には、結構、人がやってくる。コーヒーはいかがですか、だったり、お食事は何時にいたしましょう、だったり、お掃除のためだったり。だから、落ち着かない。

「あと、ぼく、列車の中ではずっと寝てると思う。気がかりなことは全部片づいたし、ラウラがプロポーズを受けてくれて、その点の不安もなくなったし。こんこんと眠りつづけてたらごめんね」

最後はラウラに向かって。

ラウラはぶんぶんと首を横に振った。

眠っててくれていい。だって、本当にいろいろと解決してくれたんだもの。来るときの列車でもあんまり寝ていなかったし、さすがに心配だ。こんこんと眠りつづけてくれたほうが安心できる。

「ほらな」

ハンスが唐突にそう言った。

「なんだよ」

「結婚する相手はすぐにわかる、って言っただろ。俺のおかげで、ラウラをつかまえられたんだ。感謝しろ」

あ、ハンスだったのね。やっぱり友達なんだわ。

これから、ラウラもハンスと仲良くやっていければいい。

だって、旦那さんの友達とはうまくつきあったほうがいいんでしょ？

旦那さん。

そう考えると、胸が、ほわっ、と温かくなった。

そうか。わたし、本当に結婚するんだ！

「それをぼくに言ったのは、おまえだけじゃない」

「でも、ここにいるのは俺だけだから、感謝しろっての」

「いやだね」

そんな二人のじゃれあいのような会話を聞きながら、ラウラはそっとファビオにもたれかかった。

「ラウラ、眠い？」

「ううん、ちがうの」

ラウラはじっとファビオを見上げる。

「幸せなの…」

すーっと、また涙がこぼれた。その涙を、ファビオがぬぐってくれる。

「ぼくも幸せだよ」

ファビオが微笑んだ。ラウラも笑顔を浮かべて、自分から顔を寄せる。

甘い甘いキスだった。

体も心も全部とろけてしまいそうな、そんなキスだった。


きっとこれから、たくさんのことが待っている。

結婚の報告をしたら、親は反対するかもしれない。

ファビオと結婚することで国にはたぶんいられなくなる。

それでもいいと思えるだろうか。

家族と離れることを選べるだろうか。

わからない。

わからないけど、恋をした。

ずっと一緒にいたい、と素直に思える。

そんな相手にはもう巡り会えない。

だから、わたしはファビオの手を取った。
結婚しよう、と言ってくれた人の。
愛《いと》しい愛しい人の。
大きくて温かい手を。
これからも迷うだろう。
たくさんたくさん悩むだろう。
でも、ファビオを選んだことだけは絶対に後悔しない。
この人と残りの人生をともに過ごしていきたい。
離れていたくない。
ただ、それだけ。
恋を、しただけ。

おまけ

「んっ…あっ…あぁぁぁぁっ…！」

ファビオのペニスで感じるところを大きく突き上げられて、ラウラは我慢できずに絶頂を迎えた。びくびくっ、と膣がひくつく。

「まだ終わらないいよ」

ファビオがラウラの中をこすり始めた。

「やっ…ちょっと…休ませてぇ…」

ファビオの滞在しているホテルに戻って、もういったいどのくらい体を重ねつづけてるのかわからない。体がくたくただ。明日は絶対に起き上がれない。

「じゃあ、ちょっとだけね」

ファビオが、ちゅっ、とキスをする。それだけで、ふわり、と自然に笑顔になれる。

「ところで、ぼく、ラウラに言ってないことがあるんだ」

ファビオがことことと笑った。

大丈夫。この笑い声なら、ラウラにとって悪い話じゃない。

「ファビオ・ジラルドーニっていうのは筆名でね」

「あ、そうか！　本名じゃないのね！」

結婚する相手なのに、筆名で呼ぶのはおかしい。

「名前を教えて？」

「ファビオは本名だよ」

なーんだ。だったら、呼び方は変わらないのね。

「でも、名字は…」

ファビオは、こそこそ、とラウラの耳元でささやいた。ラウラは目を大きく見開く。それは、ヨーロッパで一、二を争う名家の名前だったからだ。

でも、落ち着いて。

ラウラは、ふう、と深呼吸をした。

ただ、おなじ名前なだけかもしれない。

「ちがうよ」

ほらね。ファビオはわたしが何を考えてたか知っていて、それを否定した。

あー、よかった。そんな名家が、一度婚約破棄をしたわたしとの結婚を許してくれるわけがない。

「本家じゃなくて分家」

「はあああああ⁉」

さすがに叫ぶしかない。分家ということは、つまり、その血筋なのは変わらない。

「わたし…無理っ…結婚できないっ…！」

ふさわしくない、なんて言葉でも軽い。格がちがいすぎる。

「大丈夫。作家になるときに勘当されたから。ぼくが有名になったら、戻ってらっしゃい、って言っていたけど、そんなつもりはないし。ただ、ラウラのご両親がぼくの素性を不安に思ったときに武器にはなるよね」

ファビオは、ことことこと、と笑いつづけた。

「ぼくはラウラと結婚するためなら、捨ててきた血筋も利用するから。ラウラ、ぼくからは逃げられないよ？」

「逃げたくないわ」

ラウラはファビオにぎゅっとしがみつく。

「わたし、ファビオと結婚したい！」

「うん、ぼくも」

ちゅっ、ちゅっ、とキスをかわすだけで幸せになる。

「じゃあ、つづきをするね」

「…これを最後にしてくれる？」

「まさか」

ファビオは目を細めた。

「まだ全然、余力が残ってるよ」

はい、明日はベッドから動けないこと決定。

でも、それは幸せなだるさだ。

「ファビオが満足するまでしていいわよ」

「ありがとう」

ファビオがラウラの中で動き始める。

ラウラはますますファビオにしがみついた。

離れたくなくて。

体温を感じてたくて。

ああ、わたし、幸せだわ。

ラウラは涙がこぼれそうになりながら思う。

ずっと不幸なままだと思っていたのに。

いま、こんなに幸せ。

本当に本当に幸せ。

あとがき

はじめまして、または、こんにちは。森本あきです。

今回は悪役令嬢（？）に挑戦してみました！　本当はいい子なんだけど、美人すぎて冷たいと誤解されて、きらわれてる女の子のお話はどうですか？　と担当さんに聞かれて、おもしろそうですね！　と即答しました。ページ数もこれまでで最長となりました！　楽しいお話になっているといいな～。

今年は映画の当たり年なのか、これまで外れというのがほとんどないのですが、今日見た映画は本当によかったです！

『レディプレーヤーワン』

私はスピルバーグの映画に共通する、人間への優しさがすごく好きです。今回も、そういう温かさを感じながら、ずっとわくわくと見てました。

いろんな映画のオマージュが出てくるのが映画好きとしてとても楽しいです。たぶん、見た人みんなが驚いたのが『シャイニング』のあのシーン。よく許可出たなー。っていうか、いろいろぶっこんだなー（笑）。

お話としては予定調和なんですけれども、予定調和バンザイ！　って思うぐらい、すばらしかったです。もうね、いろいろ、あったかい！　じーんとした部分がたくさんありました。

私はおなじ映画を二回以上見に行くということがほとんどないのですが、これはもう一回見てみたいですね。

おもしろかった！


それでは、恒例、感謝のお時間です。

挿絵は毎回毎回お世話になってばかりの旭炬先生！　今回も素敵な絵をありがとうございました！　ぜひ、またご一緒させてください！

担当さんには本当にお世話になってます。いろいろご迷惑をおかけしてますが、今後もよろしくお願いします！

それでは、またどこかでお会いしましょう！

森本あき

冷酷王の最愛の姫君
不器用な献身
Novel 小出みき
Illustration Ciel
おまえは俺のお姫様だよ。
最初から
公女フランキスカは突然の反乱に動揺した父に連れ去られようとしたところ、従者であるレギオンに引き留められる。彼こそが反乱の首謀者、新興国ヴァジレウスの王太子だったのだ。「おまえは俺のお姫様だからお姫様らしくしてればいい」困惑するフランキスカを初夜こそ少し強引に抱いたものの、レギオンは以前と変わらず優しく接し、彼女を妻にすると言ってくる。幼い頃から父母に愛された記憶のない彼女は、元々彼の方が大事で!?
好評発売中！

Novel 麻生ミカリ
Illustration ウエハラ蜂
初恋夫婦
ロマンスは軍人侯爵様と
これであなたは俺の花嫁ですよ
困窮する実家のため葛城侯爵に嫁げと言われた芳谷紫野は、以前に恋した書生の久我東鷹を忘れられず家を出ようとする。だが、その矢先、当の東鷹が彼女の前に現れた。彼こそが遠縁の家を継いだ葛城侯爵だったのだ。「今夜が俺たちの初夜だとあなたの体と心に刻ませてもらいましょう」かつて、彼の愛を裏切ったと思い、結婚し結ばれてからも素直になれない紫野に東鷹は執着する。想い合いながらもすれ違う新婚夫婦の恋の行方は!?
好評発売中！

ガブリエラ文庫

MSG-063

悪役令嬢は異国でイケメン作家に溺愛される

2018年6月15日　第1刷発行

著　者　森本あき　©Aki Morimoto 2018

装　画　旭炬

発行人　日向 晶

発　行　株式会社メディアソフト
〒110-0016　東京都台東区台東4-27-5
tel.03-5688-7559　fax.03-5688-3512
http://www.media-soft.biz/

発　売　株式会社三交社
〒110-0016　東京都台東区台東4-20-9　大仙柴田ビル2F
tel.03-5826-4424　fax.03-5826-4425
http://www.sanko-sha.com/

印刷所　中央精版印刷株式会社

●定価はカバーに表示してあります。
●乱丁・落丁本はお取り替えいたします。三交社までお送りください。(但し、古書店で購入したものについてはお取り替え出来ません)
●本作品はフィクションであり、実在の人物・団体・地名とは一切関係ありません。
●本書の無断転載・複写・複製・上演・放送・アップロード・デジタル化を禁じます。
●本書を代行業者など第三者に依頼しスキャンや電子化することは、たとえ個人でのご利用であっても著作権法上認められておりません。

森本あき先生・旭炬先生へのファンレターはこちらへ
〒110-0016　東京都台東区台東4-27-5
(株)メディアソフト ガブリエラ文庫編集部気付 森本あき先生・旭炬先生宛

ISBN 978-4-8155-2001-4　Printed in JAPAN
この作品はフィクションです。実在の人物・団体・事件などには関係ありません。

ガブリエラ文庫WEBサイト　http://gabriella.media-soft.jp/